幻影歌劇 -Komische oper-

-魔鬼的顫音-

米川明
烏綠

Since 1743

CONTENTS

Komische Oper.

Dritter Aufzug: Capriccio

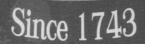

- Komische Oper -

VIERTE AUFZUG : SONATE

Act Four
魔鬼的顫音

EINS 00001

第一章 魔鬼的顫音

Vierte Aufzug : Sonate

今晚的月色依舊迷人，淡淡的薄紅色月暈令人沉醉。

想要一窺高掛於黑夜的月色之美，就不能在這個沒有光亮的夜晚迷失自我。

月亮擁有實現人們願望的傳說，新月則象徵詛咒與不安定的力量，恰似即將揭起的歌劇之幕，正要講述一個關於淒美與顫慄，絕望與不幸的故事。

銀紅色的月光伴著濃霧，寂靜地灑在歌劇之城周遭，令人陷進似幻似真的情境卻無法掙脫。

這裡是崇尚藝術與文化的歌劇城市科米希，也是世上最有音樂素養的城市。

對於住在城裡的人們而言，音樂與歌劇很重要，兩者亦與科米希建立深刻的文化淵源。

籠罩大地的黑夜，沉甸甸地壓著位於城市中心的喜歌劇院——一連串不幸意外的打擊，幾乎要壓垮了這座以巴洛克式風格著名的華麗建築。

歌劇院幽暗的深處，藏於一道紅褐色木門後的房間，響起兩位男士激烈爭辯的聲音。

「我認為現今的歌劇院必須要有改革的自覺，財政與行政需要自主，我們要堅持自我主權的發展。」

一名穿著淺咖啡色西裝的中年男子，也是喜歌劇院的經理梅瑟・哈來頓正與歌劇院院長毛爾談話。

兩人耗費許多時間大肆爭論，卻始終沒有取得共識。

「哈來頓經理，我希望你知道現今環境的變化。歌劇院需要王室提撥大筆的資金，就要與王室、貴族打好關係，否則歌劇院賠錢事小，面臨破產的窘局，害所有劇團成員流離街頭事大！」

「毛爾院長，討好那些貴族，對我們的藝術文化能有什麼作用？不管如何，政府都有義務提供一個充滿文化水準的國家，我們可是著名的歌劇城市！」

另一名穿著灰色西裝的毛爾院長則重重地拍桌，「不要再跟我提什麼文化藝術了！看看現實吧，這座喜歌劇院有一千五百名員工為我們做事，如果沒有錢，你拿什麼付他們每個月基本的薪資？」

身著咖啡色西裝的梅瑟聽了這番話，內心濃烈的不安不斷翻攪。

「或許，我們可以想出一個能讓彼此理想的局面，達到共存的結論。」

院長搖搖手，眼神銳利地否決梅瑟的提議，「營運歌劇院的首要目的是賺進大把的鈔票，提升文化水平是其次。」

梅瑟的目光透露出一絲哀傷，因為擺在兩人面前的，確實是一個讓人不知所措的難題。

「不，院長，我相信只要我們再堅持一下，這兩者一定能共存……」

「哈來頓，我不想再聽你那套理想主義，行不行？」院長拉高嗓門，以充滿強烈拒絕的目光看著經理，「與其花時間想那些不可能實現的美夢，不如把心思用在歌劇院。我知道最近老是出事，還發生詭異的器材掉落事件，我希望你能盡快想出平息這場風波的辦法。」

梅瑟自知與院長的爭論沒有結果，只好退出辦公室，漫步於寂靜黑暗的走廊，好好思索歌劇院的未來。

這個看似華麗的歌劇院，內部早已陷進圖謀己利，忽視人民權益的官僚主義中。負責歌劇院各項政策的院長，卻滿腦子都只想著各種賺錢的辦法……

唉！他何嘗不想為歌劇院賺錢？然而，目前的預算已是入不敷出，既不能上演經典的舊劇目，更別擴建新劇目。

梅瑟走了一段時間，從歌劇院那條漆黑的長廊，聽見一道清雅的琴音冷冷地響起。

他警覺地伸長脖子，豎著耳朵去聽，他又走了幾步，發現那聲音更明顯了。

那是大提琴渾厚的樂聲，並且哀愁地躍動著一首樂曲，提琴聲聽起來是那麼的優雅與冰冷，教人心向神往與迷戀。

梅瑟禁不住好奇，便加快腳步的速度，直到他穿越長廊，踏上與長廊緊鄰的一個小廳地板。

梅瑟透過掛在牆上的水晶燈飾與漆金的燈具，在暈黃柔和的光芒中抬頭望去，看見一名穿著大紅色禮服的金髮女子坐在廳室中央。

她拉著沉重的大提琴，姿勢與神態相當優雅從容，即使她被背後的黑暗圍繞，依然不減其強烈的魅力風采。

月光透過雕花的窗戶，將沉醉在琴聲的中年男子照醒過來。

「妳是誰？是哪個王公大臣之女？現在已是深夜時分，歌劇院關門了。」

女子演奏結束後，放下琴弓，輕拂禮服上的灰塵站了起來，「這是送給逐漸衰敗的喜歌劇院之葬送曲，經理先生，您喜歡嗎？」

梅瑟惱怒地駁斥女子，「妳滿口胡言亂語什麼！」

「經理先生，我明白您處於苦惱中……您除了要解決魔鬼的惡作劇的問題，還得改善歌劇院營運的慘狀，是嗎？」女子問。

「妳怎麼會知道得這麼詳盡？」

「您若真的想拯救歌劇院，就請相信我，把歌劇院交給我，所有的問題都會迎刃而解。」女子的低語聲搔弄梅瑟的耳際，進而動搖他的意志，「我瞭解您心中的苦惱，只有我可以改變這一切，您所需要做的，也僅只是把手交給我。」

梅瑟順從地將手向前伸去，然而卻在恍惚之間，看見女子隱藏在微笑之下的陰寒目光。當他發現這一點，便警覺地向下一看。

那片被潔白如霜雪的月光折射的地毯，映著男子拉長的黑影，但是，女子身邊周圍的地面，沒有任何影子！

這可怕的發現令梅瑟慌張的收回手，自幻境中清醒過來，驚恐地問：「妳沒有影子！說，妳是幽靈還是人？為什麼接近我？」

「我既不是幽靈，也不是凡人，我不存在於現實，而是以空虛的幻影出現在您的面前。」

女子踩著輕盈的步伐走向歌劇院經理，以纖長的手指提起面前男子的下巴，「如果你陷溺在我造出的幻影之中，就不會覺得痛苦。因為我需要你的身分與地位，好慢慢毀掉這座歌劇院。」

見女子臉上堆起艷麗的微笑，梅瑟竟感到內心恐懼至極，「為什麼？」

「請別誤會，我對這城市感到很滿意，既無厭惡也無仇恨……我只是想讓天下大亂，令這座歌劇之城降下瀰天大霧，成為一座被上帝厭棄的罪惡之城。」

「妳……」

「我追求純粹的罪惡，因為它們讓我感到愉快與喜悅。經理先生，我會實現您的願望，但是請您用珍貴的靈魂與我交換。」女子冷酷中帶著溫柔的說話聲帶動著男子逐漸加快的心跳聲，逐漸狂奔至末路的盡頭。

「妳、妳為什麼告訴我這麼多？」

「因為……死人絕對不會洩露祕密。」女子以銳利的指甲刺入男人的脖頸，輕輕

吻著他發冷面頰的舉動，宛如給予他甜美的死亡之吻。

女子輕輕撫摸男子的脖頸，確認他已停止了脈搏與心跳，接著將男子推倒在地。而她沒有影子的身體隨即化成一縷幻影，像吞噬倒在地上的屍體一樣佔據男子的一切。

在月光的照耀下，廳房再度陷入沉寂。

倒在地上的男子身軀微微動了一下，同時站了起來。只見他以單手覆面，眨了幾下眼睛，他的外貌與一身的衣著打扮便產生明顯的變化。

「哼，低俗的咖啡色西裝與中年男人的庸俗髮型令人厭惡……一個充滿魅力的歌劇院首席經理，就要擁有像我這樣迷人的外貌、亮麗的金髮、修長的身段。」

「雖然我過去只是本尊的影子，但是從這一夜開始，影子將成為真正的本尊，這座城市與歌劇院亦歸我所有。」

男子踩著穩健的腳步迎向窗外，任月光灑在臉上，倒映出他眼中勝利的光輝。

他滿懷信心打開窗戶，欣賞被銀白濃霧圍繞的歌劇之城夜景。男子有稜有角的嘴形，勾動出一道富含野心的微笑。

「屬於夜晚的宴會即將開始，我已經準備好，在這裡等候你的到來。」

「親愛的說書人，我們之間的遊戲還沒有結束，不管你要不要繼續玩這個遊戲，不管你去哪裡，離開我有多遠，掌控一切的人永遠是我。」

凜冽的風吹向窗台，發出輕微晃動的聲響，站在窗前的男子，伸手把低垂的藏紅色簾幕用力拉開。

乾淨明亮的玻璃窗，映出一張金髮紅眼的年輕臉孔。男子將手靠在窗框，眼睛看著玻璃窗映照的明亮廳房，眼神變得陰冷。

「我在此向你預告，你會回到歌劇院，再次出現在我面前，與我進行一場精巧別緻的『人心遊戲』……」

深邃的夜裡，獨獨迴響著男人平淡低沉的笑聲。

這是一個伴著瀰天的濃霧，充滿了詛咒與不幸的新月之夜。

淪陷於霧中的歌劇城市一如往常，充滿盛大繁榮的市鎮景象。

即使它帶著一點不尋常的氣息，明媚的陽光仍舊驅散了濃霧，刻劃著屬於歌劇城市的躍動。

位於城市廣場的噴泉池湧出澄澈明亮的泉水，為城市帶來光明與希望的生活。

然而，當人們沉浸在如此美好的氣氛之中，另一段意外的插曲卻悄悄降臨於一條不被人注意的大街。

一股急促、悶熱的氣流攪入遠離喧鬧人群的空曠街頭，令翻騰的廣大濃霧擴散開來。

散佈著濃霧的大街上，忽然撞入一道嬌小的身影，像逃亡似的不停狂奔。

——那是一道女子逃亡的身影！

女子提起綴飾著蕾絲花邊的裙襬，邁開慌亂的腳步，漫無目的地向前跑。

她的心情有如在舞會踏錯舞步那般懊悔。但是她能感覺到，戴在自己棗紅色鬈髮上的銀製髮飾正在飛躍舞動。

翻騰的吐息從她胸口炙起並擴散到全身，使她氣喘吁吁，只怕腳下一個不注意，她就會跌在地上不能動彈，彷彿被一團狂妄的烈焰捕獲。

女子的腦海浮現出各種念頭，然而此刻，她卻只能抓住最強烈的一個念頭，她必須逃走，不能被身後正在追趕她的男人抓到。

為什麼事情會變成這樣？女子一邊奔跑，一邊抑止不住紊亂的思緒如野馬般奔馳於腦海地想著。

一切事情若是應該有個原由，使是她不該逃出那座高貴而冰冷的宅第，不該逃出以有色眼光垂涎自己美色的貴族家中。

女子抹去滑落臉上的冷汗，暗自催促自己跑快一點，不然會被「他們」抓住。

她心中堆疊著許多混雜的想法，甚至無法在強風濃霧之中，保持她美麗的容貌，只能就這樣不斷地狂奔再狂奔，似是逃進一個沒有出口的迷宮。

遠處的街上，站著一個穿著淺灰色西裝的青年，他在極度寒冷的嚴冬，依舊穿著一襲簡單大方的服裝。他佇立於寧靜的街角，渾身散發一股沉靜的氣息。

女子看不見遠處的景象，她在慌亂與不安之中，轉頭向後望去，發現自己不知何時被兩個身著黑色西裝、粗野得像熊一樣的男人追上。

「聽著，別再跑了！我們奉哈來頓經理的命令，一定要把妳帶回歌劇院！」

女子聞言，不由得在反覆的喘息中沉默。當她自知無法再從目前的處境逃離一步，便在強風的吹拂下轉身過去，以一張帶著凜然神情的美麗臉孔，不發一語的面對眼前的現實。

兩個男人見到女子即使被風吹亂秀髮，依然高傲地挺著身子，不肯屈服地看著他們。這令男人不禁心想，面前的女子雖是世上少見的美人，可是她固執倔強的性格不僅令人難以馴服，還常常為她帶來麻煩。

「我是當紅的名伶，不是那些流連在街上的廉價妓女，你們休想要我再回到那幢充滿噁心銅臭味的豪宅！」女子撥弄垂在胸前的髮絲，語氣高傲地說道。

兩個男人對看一眼，厭煩地說：「小姐，妳若是不從門第高貴的以利沙親王閣下的府第逃脫出來，我們身為低下的歌劇院員工，又豈敢追捕妳？」

女子皺起眉頭，看來憤怒極了。

他們見女子沒有出聲，於是伸手想去抓她，沒想到被女子狠摑一道耳光就算了，更讓她如雀鳥般自他們手中逃走。

兩個男人看著女子逃離的背影，嘴裡塞著狂暴的怒喝聲追了過去。

女子匆忙地跑到街角，以嘹亮的聲嗓不斷高喊著救命。

當她逃向一名陌生男子的身邊，來不及注意他的長相與穿著，隨即帶著祈求的目光看著他，哀求地說：「這位先生，有兩個男人正在追我，你可否為我想個辦法好擺脫掉他們？」

男子靜靜的站在原地，看起來似乎不為女子楚楚可憐的模樣而動容。

他以手指拭去積在領帶夾的薄霜，隨即轉身，以一對盛著冷漠目光的灰藍色眼眸注視女子，聲調不帶著一絲情緒的問道：「如果我救妳脫離窘迫的處境，妳打算用什

麼回報我？」

女子聽見身後的男人叫聲傳進耳裡，她愣了愣，有些無奈地抿直帶著透亮水澤感的紅唇，飛快答道：「先生，現在可不是讓你得寸進尺索償的時候，只要你救了我，我也會加倍還你這份人情！」

男子聞言，在他看似冰冷、面無表情的臉頰，浮現了微笑的光彩。

「那麼，我就看在讓妳欠我人情的份上，破例幫妳一次吧。」他愉悅地邁開腳步，將女子的嬌軀護在身後。

追捕女子的黑西裝男人見她向陌生人求救，於是一臉兇惡地走到男子面前，威喝道：「你保護的對象，是從我們歌劇院逃走的小姐，不想受傷的話，勸你打消念頭快點滾蛋。」

女子不甘受辱的瞪著兩個男人，憤然喝道：「要滾的人是你們才對！不管如何，我寧可自己回歌劇院請罪，也絕不跟你們走！」

穿著黑西裝的男人憤怒地繞過灰髮男子身邊，動作粗暴的與女子拉扯不休。這時

候，那名灰髮男子忽然伸手隔開兩人，將男人推到一旁。

「兩位男士，請不要對美麗的淑女動粗好嗎？」

灰髮男子十分客氣，然而他的眼神充滿不許回絕的魄力，加上冷酷的表情始終沒有變過，只有抿直的唇線微微揚起。

「你以為你算哪根蔥？」男人們怒道。

「男士們，請暫歇一會，聽在下說個故事如何？如果你們能以優雅莊重的姿態與在下身後這位美麗的小姐懇談，相信她必然也會友善的回應兩位。」

站在男子背後的女子，壓抑不住困惑地問：「等等，你是不是傻啦？跟這兩人說什麼故事，快想法子趕走他們啊！」

男子轉頭過去，見到鑲在她圓潤臉蛋上的一雙墨綠色大眼睛，隱含著催促與不安。他自顧自的微笑，接著箭步迎向兩個殺氣騰騰的男人。

「在下要說的這個故事十分簡單，自古以來，有一句俗話是這麼講的……窈窕淑女，君子好逑。但是容貌醜惡的男士卻惹人嫌，如果兩位肯改變自己說話的口吻與舉

動，也許哪一天能得到淑女的青睞。」

兩個男人被灰髮男子目不轉睛地看著，不自覺互換一個眼神，他們發現男子脣邊嘲弄的笑意，才曉得自己被對方當作消遣的對象。

男人們勃然大怒。

這時候，男子微瞇著一雙灰藍色的眸子，再從西裝左肩衣領抽出一根貓頭鷹羽毛，朝兩人暗示道：「你們看清楚這根黃褐色的羽毛，聽我的指示行動。」

灰髮男子突如其來的這個舉動，不但沒令兩人安靜下來，還讓其中一人憤怒難耐的從西裝口袋抓出一把小刀，往他手臂一劃，瞬間噴湧出鮮血。

男子並不在乎自己受了傷，反而微笑地看著兩人，繼續說個不停，「兩位還沒有看清楚吧？請再看一次我的眼睛。」

男人們訝異地注視灰髮男子手上拿著的羽毛，直到男子眼中迸出一道光芒，他們陷進昏沉的幻覺，變得相當安靜。

灰髮男子站在兩人面前，當他扣響手指，低聲說道：「你們聽見了這個聲音，不要顧慮一切，儘管朝北方前進。直到夕陽西下，這個暗示才會取消……出發。」

男人們聽見灰髮男子的命令，他們雙眼無神，動作機械化的轉身過去，迅速的離開大街。

男子收起羽毛，神色滿意地目送兩個男人的背影逐漸遠去，才轉身看向一臉吃驚的女子。

「沒事了。我為那些人說了一個故事，他們已經感動得離開這裡，不到傍晚是回不了這座城市的。」

女子皺眉，臉上泛著極其困惑的猶豫神情，她顯然對男子所說的話一點也不感興趣，「你真是個怪人，我發現你腰上掛著一個槍袋，你明明帶了一把槍，為什麼不直接開槍解決掉那兩個男人？反正作勢嚇嚇他們就夠了，根本不需要和他們周旋這麼久。」

男子向她點頭致意，回答道：「小姐，妳的觀察力真是敏銳。但是我把那槍只拿來使用於特定對象身上，所以無法在剛才那種情況派上用場……請妳見諒。」

女子見狀，心裡明白這名男子為了她才會受傷，於是從束在腰際的絲帶裡取出一條帶有繡花圖案的絲巾，仔細地擦拭男子手臂的傷口，再以絲巾纏裹起來。

兩人沉默地沒有說話，任四周陷進一片寂靜。

她歉然道：「剛才感謝你出手相助，讓你受傷真使我過意不去。」

男子被她這個溫柔的舉動逗得低聲笑道：「在下從未見過像妳這樣的小姐，先是氣焰高漲地責罵別人，之後卻帶著憐憫的口氣安撫被妳罵過的人……妳說這些話的用意是什麼？」

女子為男子的話感到很不舒服，於是生氣地說：「這是你恭維別人的話嗎？」

男子苦笑搖頭，他指著綁在手臂的絲巾，隨即改以溫和的語調說：「我收到妳給我的回禮了，那麼，我們就此分別。」

少女看見男子臉上那平靜淡然的微笑，她雖然不像別的姑娘見到男子，隨即露出羞怯的笑容，卻也感到怦然心動地凝視他的外表。

她露出笑容，兩手輕提裙襬，上身微彎地向男子行禮。

「我叫瑪麗安娜，很高興遇見你，可惜我不能久留此地。要是你知道位於柏林大道的歌劇院，或許我們可以在那裡見面。」

男子暗自深呼吸，聞到瑪麗安娜一身柔和的香氣。

他並不為少女感到動心，而以禮貌的笑容回視她。

瑪麗安娜向男子看了一眼，兩人視線不經意相觸的瞬間，使她察覺到他的笑容不帶一絲感情，彷彿在看一個與他不相關的人。

少女的內心雖然感到詫異懊惱，仍舊保持高雅的儀容，匆匆地告知男子自己的名字後離去。

Zweite Aufzug : Sonate

第二章 魔鬼的顫音

目送瑪麗安娜嬌小的身影離開大街，說書人隨即從手臂扯下那條質感柔滑的絲巾，放在手心仔細地端詳。

他不擔心絲巾沾到血跡，因為他的傷口在更早之前已經癒合，他掛心的卻另有其事。

說書人攤開絲巾，發現角落有一行娟秀的手寫字。

「喜歌劇院……對了，就是曾經有魔鬼棲息的劇院。」說書人回想著少女的容貌，這才覺得她看起來很面熟。可他想不出究竟在什麼地方見過少女，她是歌劇院的員工，還是演員？

說書人手裡拿著絲巾，上頭僅僅幾個字，就能令他紊亂的思緒奔離眼前，來到一個令人熟悉的奢華世界。那裡有音樂、歌劇、戲劇文化，還有因各種社交場合而衍生的有趣故事，那的確是個令人懷念的地方。

回想起過去，一段段往事的記憶重現於說書人的腦海，這種懷念的感覺讓他不太喜歡。

他拋棄過去的一切，四處旅行，替人說故事，都是為了在歌劇之城與他此生最大的仇敵——魔鬼再度相遇。

然而，自從他們在科米希見面，他便發現魔鬼化成人類，擁有不同的身分，意圖操縱這座城市的人心。

對說書人而言，不管魔鬼偽裝成歌劇院的經理也好，偽裝成皇帝身旁的弄臣也罷，那傢伙偽裝成什麼人，對他根本沒有意義。

直到現在，說書人仍舊相信，除了用力量征服並打敗魔鬼，取得「遊戲」的勝利之外，沒有任何其他事物值得自己關注，心中亦無別的目的。

為了奪回失去的東西，說書人不願改變，希望保持現在憎恨某人的心情。他相信自己總有一天能夠做到，而且在精疲力盡之前，用他的手親自將魔鬼送入地獄，拯救妹妹的靈魂。

說書人知道，對失去魔鬼行蹤的他來說，唯一的線索只剩下那座曾有魔鬼棲息的歌劇院。

照過去的發展看來，魔鬼選擇出現在他面前，那傢伙一定還滯留於這座城市。不過，魔鬼已經消失了一段時間，等到兩人下次再會之時，這邪惡的幻影究竟會偽裝成什麼人，又會耍什麼心眼與計謀？

他仰起頭，暗自下定決心，此行將會釐清他心底的疑慮。

說書人輾轉回到城市最擁擠繁榮的地方，那條被人稱呼柏林大道的街道。

他沿途向人打聽歌劇院的位置，聽到人們談論一則關於歌劇院天使的有趣話題。

「請教一下，你們談論的話題是怎麼回事？」說書人上前，對圍繞在街道兩旁的市民禮貌地問。

「喔，你不知道啊？」

說書人帶著困惑的微笑，又問：「在下知道魔鬼的惡作劇，但是對存在歌劇院的天使感到好奇，究竟這是傳說，還是真有其人？」

其中一名市民說：「我們對魔鬼一無所知，但是歌劇院的天使確有其人！她是一位像天使般存在的名伶，名叫瑪麗安娜！只要有她演出的舞台，往往享盡眾人的喝采。」

「那麼，你們能否指引在下一見這位女伶的面貌？」

市民們見這位溫文儒雅的青年說話帶著詢問的語氣，彷彿被天使所惑。於是，他們將歌劇院傳單讓說書人欣賞。

那是一張單色印刷的小張傳單，上頭繪有劇中角色的黑白剪影，並寫著戲名與劇院名稱。

「《被遺忘的歌劇》……這是一齣被譽為充滿魔幻與不可思議的舞台劇，由人氣名伶『瑪麗安娜』擔任主角，喜歌劇院誠摯地邀請各位觀眾，一同品味這場超越現實的精彩演出。」

說書人這下得知喜歌劇院當紅的女伶，竟然就是與他相遇的那位少女，那也難怪她要他去歌劇院找她了。

幾名市民聽見說書人唸著傳單上的宣傳文案，便熱衷地討論起來。

「那齣戲真不錯，我都看了兩次，還是看不膩！」

「我看了三次，每一次看到騎士帶著銀笛挑戰魔鬼的那一幕，我就忍不住熱血沸騰了起來！《被遺忘的歌劇》不管是舞台效果或歌劇本身都是高水準演出，沒看過的人都該去看一次。」

說書人聽見這些劇評，他感到驚訝，卻也好奇地前往歌劇院，像個普通觀眾去看

戲。

歌劇院的舞台是一個充滿瑰麗彩虹的幻影世界，說書人自身亦是深切地有所體會。他進入歌劇院，推開戲廳大門，在特效十足的舞台上見到了穿著美麗衣裳的女伶。

女伶嗓音中澄靜的美感，與伴奏的樂器奏出和諧的歌劇樂章，她懷有豐富感情的歌唱聲，瀰漫縈繞著整間戲廳，令觀眾聽得如癡如醉。

說書人拒絕接待員的帶位，執意站在戲廳門口，看著舞台上的演出。他看著節目表的介紹，發現這齣《被遺忘的歌劇》的故事情節似曾相識，彷彿是他記憶的一部分。

這時，台上的女伶開始歌唱。

「我是男爵的千金，心上人則是我的騎士，礙於我倆的身分階級，這段愛情得不到眾人的祝福。但我要享受愛情，有了愛情才能生存，這崇高的目標遠勝一切。」

男高音接著唱。

「但是，我們只是被遺忘的故事，妳與我，都是魔鬼的棋子。」

「魔鬼為何要利用我們？」

「魔鬼在此等待他的仇敵，除此之外，一切不再重要。」

「勇敢的騎士，你必須吹響你的銀笛，打敗魔鬼！」

「但是我也將成為魔鬼陷害的對象，真是可悲！」

「魔鬼掩藏一切，但是最後他的仇敵揭穿真相，令我倆的愛情開花結果！」

這一幕由女伶與男高音共演的橋段，兩人唱出細膩美好的旋律，獲得台下觀眾一致的好評。

然而，這幾段卻令說書人打從心底感到吃驚！對白中描述的劇情，不就是他剛來到科米希所發生的事情？究竟是誰把故事改寫成劇本，進而搬上歌劇院的舞台？

即使說書人內心翻騰著疑惑與困頓，依然透過視聽覺的雙重饗宴，窺探瑪麗安娜受歡迎的奧祕。

她跳起舞蹈的肢體動作輕盈，加上比擬天籟的美聲，令人捨不得把視線移開。

他被瑪麗安娜的歌聲吸引，彷彿在曚曨的現實與幻覺層層交錯下，把另一個少女輕靈的嗓音，套疊在瑪麗安娜身上。

說書人不得不承認，他發現瑪麗安娜的歌聲與伊索德極為相似，他的視線不僅不能從她艷麗的容貌移開，整個人甚至發愣地站在原地，久久無法從震驚中回神過來。

他曾經以為，世上不可能有兩個人擁有同一副嗓音的奇事。但發生在他面前的事實，教說書人不得不相信，如果不看外貌，也許他會把這道歌聲當成伊索德的聲音。

舞台落幕後，說書人因內心的感動，決定暗中送一朵藍玫瑰給美麗的女伶，答謝她以近似妹妹的歌聲，讓他做了一場很美的夢。

他帶著花，走到專供演員休息的後台化妝室門口。說書人沉思地從西裝口袋拿出一本箋紙、一枝羽毛筆，在箋紙上快速寫下留言，最後畫上象徵智慧的貓頭鷹羽毛，代替信中的署名。

他走進化妝室，將夾有箋紙的玫瑰花放在桌上，隨即離去。

就在說書人離開之後，一群女伶接著走進來。

瑪麗安娜獨自走向一面穿衣鏡，發現桌上不知何時放了一朵花，上頭還有一封箋紙。她好奇地拆開，看見信裡只留下一行流利的字跡，以及手繪的羽毛圖樣。

瑪麗安娜看著這封箋紙，心裡竟然感覺到一絲溫暖。雖然她不知道花是誰送的，那浪漫的感覺讓她頗為心動。

特別是箋紙中的貓頭鷹羽毛圖案，讓她想起之前遇到的灰髮男子。

她注視著花與箋紙，露出少女特有的甜美笑容，彷彿這是她收過最好的禮物。

兩名神色匆忙的歌劇院員工走進經理辦公室，氣呼呼地說：「哈來頓經理，對不起，我們沒能抓到瑪麗安娜小姐！都是一個莫名其妙的男子阻礙我們之故……他對我們說了一個神奇的故事，等我們有知覺的時候，人已經不在科米希了，所以直到現在才回來！」

這是一間擺設典雅的辦公室，用色盡是一片深邃的黑，坐在大桌前的經理，背對著眾人坐在寬大的皮椅，似是悠閒的欣賞掛在牆壁的油畫。

他們卑躬屈膝地看著前方，那藏在皮椅高靠背後，漾著油亮光澤的金色髮頂。即使室內一片沉默，這些人仍不敢有所怨言。

「沒關係，那隻可愛的小鴿子已經回到歌劇院，結束一場精彩的好戲……這次我不追究你們的失誤，但下次要更注意，別讓她飛走了。」

「是！」兩人緊張地答道，似乎從皮椅深處傳來的年輕男人聲音，比滿室的沉默更讓他們害怕。

正在此時，辦公室再度被一名黑西裝男人推門而入。

「哈來頓經理，以利沙親王閣下派人過來傳話，希望能再次邀請瑪麗安娜小姐參加庭園音樂會……另外，阿爾施泰因男爵也有意思邀請瑪麗安娜小姐，事關重大，請問你要如何決定呢？」

三名歌劇院員工看著他們年輕的經理，瞪大眼睛等待他的發號施令。

「想不到那隻小鴿子竟如此受歡迎，看來我得好好拿一個主意了。」背對眾人的年輕男人站起身，以英挺的外貌面向三名員工，朗聲說道：「不過，你們要再去談一個更好的價碼。」

「人類很難抗拒虛榮心與慾望的作祟，越是得不到的東西就越想得到。我知道那些貴族想要的不是高尚的音樂會，而是未受侵犯的處女初夜……可惜那種權利，通常都歸父親所有。」

留有一頭後梳髮型的年輕男人有著高大挺拔的修長身段，當他撥弄垂在金色鏡框前的瀏海，一雙鮮紅如血的細長雙眼微微瞇起，流露出近似邪氣的迷人笑意。

這裡是喜歌劇院，堪稱是科米希最美的劇院。

喜歌劇院位於市中心，它是一座奢華巴洛克式的古典宮殿建築，不僅金碧輝煌、

美侖美奐，整體散發無人能比的華麗氣息。

說到喜歌劇院的創立緣起，乃是在一七四三年，由一位男爵的號召之下，集結數名鄉紳共同創立的平民劇院。

它原是貴族為了提倡戲劇研究而建，但在喜歌劇院的首席經理推廣下，宮廷開始資助歌劇院的營運，以及上演戲劇的延續。

當時戲劇的興盛帶動新式劇院與舞台的發展，劇院大多設在寬敞的建築物裡，並於舞台前方保留了樂團演奏的區域，舞台則被階梯狀的座位包圍，而喜歌劇院是少數擁有自家管絃樂團的歌劇院。

這間擁有一千兩百七十個座位的歌劇院，普遍製作大型歌劇、舞劇，擁有龐大資源與觀眾群，聲譽與票房都有相當可觀的數字。

但是誰也沒想到，喜歌劇院目前竟會面臨財務危機問題。

為了解決眼前的這個麻煩，歌劇院的院長毛爾在歌劇院開門營運之際，將他的首席經理——梅瑟叫到經理辦公室。兩人一如往常，利用朝晨空氣最為清新的時候，進行研討會議。

梅瑟將門關上，室內隨即響起院長開心的大笑聲。

「哈來頓，看看這份營運報表吧。上頭清楚地標示歌劇院一個月來的票房數字確有回升，總算可以安心了。」

「這一切全都是因為院長先生的指導有方。」梅瑟舉止優雅地將手劃至胸前，一副謙遜貌。

毛爾挑眉，臉上泛起困惑的微笑，「你的態度與幾個月前真是大大的不同，每次我要你以歌劇院的收入為重，你就會激烈地反駁我的意見。怎麼，難道你也因為現實的壓力，不得已才改變以前的想法？」

梅瑟立即上前，微微向毛爾躬腰，「當然不是，只不過在下思量了很久，認為要推廣歌劇，還是需要王室與貴族的協助。因此在取與捨之間，選擇了現在的形式……您看，我們有最受歡迎的伶人，最新的戲劇，只要與貴族打好關係，不怕得不到王家的資金，您說是嗎？」

毛爾點頭，「沒錯，喜歌劇院將會成為科米希首屈一指的大劇場。」

「若您沒有其他事情，請容在下先行告退。」梅瑟說完，向毛爾行禮後轉身離去。

毛爾的聲音冷不防的從梅瑟背後響起。

「哈來頓經理，你處理『魔鬼的惡作劇』一事了嗎？這件事雖然會增加歌劇院的神祕性，引來更多好事的群眾，但是終究令人感到不太舒服，希望你能盡快提出解決辦法。」

梅瑟看了毛爾一眼，隨即轉身走向他，臉上露出一道深刻殘酷的冷笑。

「真傷腦筋，您要在下如何處理？」

「當然是讓外面那些人不要再討論下去，你懂我的意思嗎？叫他們閉嘴！」毛爾察覺到梅瑟冰冷的笑容，便向他拋了一個困惑的目光。

梅瑟見到毛爾的神情，收起對他種種不禮貌的態度，改以溫柔的笑容向毛爾點頭示意，而毛爾臉上緊繃的嚴肅神情才稍稍放鬆。

「我倒覺得挺有趣的，歌劇院有魔鬼棲息，才有人想來一窺傳說的真相……何必真的去調查這件事？」

毛爾沉思著呻吟，「聽你這麼一說，好像也蠻有道理的。但是最近我發現歌劇院的戲，老是安排瑪麗安娜擔任女主角，這事好像讓你旗下的演員傳出不少抱怨的聲音喔。」

「院長先生，演戲的女子向來只會吵鬧與吃醋爭寵，那些大多是沒有意義的風波，請你不要介意。」

「但是我認為一個好劇場不該有這些事發生，你將瑪麗安娜換下來吧。老實說，我認為那女孩的美貌與歌喉都不錯，但是你太溺愛她會鬧出事的。」

梅瑟聽了毛爾這席話，便盯著站在大桌前面的男人，抿直的唇線勾勒起漂亮的弧度，似笑非笑地看著他。

「哈來頓經理，你和那女孩有特別的關係，但希望你可以記住公私分明這點……好了，我要參加中午的新戲首演儀式，失陪。」

當毛爾走過梅瑟身邊，卻彷彿聽見梅瑟以一副理直氣壯的口氣對他說話。

「恕難從命。」

「什麼？」

梅瑟歉然的微笑，「院長，歌劇院新戲的女主角非她不可。要是你執意讓其他女伶出場，在下向你保證歌劇院絕對會出事。」

毛爾駁斥地哈哈大笑，「哈來頓，你想威脅我嗎？可惜今天的新戲，我早讓伊馮娜取代瑪麗安娜的女主角位置，不管你心裡打什麼主意，最好知道自己是什麼身分。」

「真遺憾，那個沒有才氣的歌唱家不能上場，她太騷了，會讓戲廳四處飄浮像馬尿一樣的味道。」梅瑟不慌不忙，依然以堅定的目光看著毛爾，口氣詼諧戲謔地說道。

「我不能答應你！」

毛爾轉過身，有些被激怒地看著梅瑟，「哈來頓，注意你的口氣，她可是全城最美艷的女歌唱家。」

梅瑟聽了毛爾的這句話，面無笑意的說道：「聽我一句勸，你最好改變這個決定。」

毛爾聽見梅瑟的聲音變得冷冽，他隱約覺得在這狹小的室內，似乎從四面八方吹來一陣寒風，讓他拚命發抖。

兩個男人相視著，過了會，室內傳來梅瑟發笑的聲音。

「好吧，院長先生既然不聽我勸告，那也沒辦法，就依你的決定好了。」梅瑟微微蹙著眉心，說話語氣極為輕柔低沉，他的目光凝注著面前的中年男子，話中有話的說：「祝你看戲愉快，毛爾院長。」

毛爾見梅瑟那蘊藏深黯的抑鬱眸子，似乎正在看自己。於是他與對方四目相交，心裡悄悄想著，其實他可以不把這位首席經理說的話放在耳裡，但是他居然對梅瑟感到了一絲畏懼。

毛爾下意識轉身離去，本能地避開梅瑟冰冷的目光，如野獸避開洪水般倉促。

梅瑟站在原地，態度從容地注視那位歌劇院院長與今日新戲的女主角勾搭離去的背影。他箭步上前，將門拉開一條縫隙，似是窺視地盯著門外走廊。

他臉上的笑容隨著嘴角弧度漸漸擴大，彷彿看見一個可以預知的悲劇。

不到幾個小時，就在喜歌劇院的一場新戲首演會上，竟發生了一件傷亡慘重的憾事——身負歌劇院最高職位的毛爾院長，竟然被無預警掉下的水晶燈給砸中，當場亡故。

「快，快點，大家聽我說！」

一名年輕女伶喊叫著衝進後台化妝室，她跑得上氣不接下氣，臉色蒼白，神色匆忙，「近來歌劇院頻傳怪事，真的有人因魔鬼的惡作劇而死了！就在剛才……院長被莫名其妙掉在觀眾席的水晶燈砸死了！」

圍擠在化妝室，沒有參加新戲演出的一群年輕女郎發出驚呼聲。
「毛爾院長死了？這到底怎麼回事，喬伊特？」
那位名喚喬伊特的女伶用力吸了口氣，眼底流露出驚慌失措的神情，「我我是聽現場目擊者口述而來的……就在新戲上演沒有多久，奇怪的事發生了。」
「首先是照明設備無故消失，只剩下吊在天花板的水晶燈持續晃動著，於是大家抬頭看著水晶燈，發現它越晃越厲害，最後那盞枝型吊燈居然從高空中呈直線掉落，當場將舞台拱門前的觀眾席砸得粉碎！」
「然後呢？」
「在那盞水晶燈掉下來之前，有許多人發現到不對勁，紛紛走避，可是我們院長卻坐在原地，任燈砸在自己身上……太奇怪了，他明明可以跟大家一塊逃走的，所以有人說……」
「說什麼呢？」眾人耐不住性子地催促地問。
喬伊特面露恐懼的神色，全身發抖地說道：「有人說……毛爾院長是魔鬼惡作劇

的犧牲者！因為魔鬼不喜歡今天新戲的女主角，所以就把將瑪麗安娜替換掉的院長殺死了！」

一群女伶不由得大聲尖叫，更有不少人難以置信的議論紛紛著。

就在後台女伶們鬧哄哄地圍成一團，談論這件意外的同時，整座歌劇院也亂成了一團。不僅所有戲劇停止上演，連好事的市民也趁亂跑進來看熱鬧。兩位來查案子的警官穿梭在人群，堂而皇之的登上歌劇院門廳。

華爾特與法蘭克，這兩位青年是科米希城裡有名的警官兩人組。不過他們之所以有名，並不是因為功名顯赫，而是因為這兩人經常鬧了許多笑話，令城裡市民印象深刻。

雖然他們一個性格溫吞，老是只想著休假和約會；一個性格急躁，想立大功卻總是徒勞無功，但是他們現在奉令前來調查歌劇院意外的案子，並被梅瑟請進了招待上流人士專用的包廂。

兩位警官防備地各自拉開椅子，坐在一張圓桌前，然後盯著梅瑟看。

「兩位請不要拘束，在下已經派人弄點喝的過來，天氣正冷，你們會想喝熱咖啡的。」

「我可以要杯紅茶嗎？若能加點檸檬汁會更好喝喔。」一名留有米黃色至肩蓬鬆髮型的警官笑嘻嘻地問。

梅瑟沉默的微笑，他見坐在青年身邊，另一名看起來較老的男性當場瞪了青年一眼，令包廂氣氛陷入一種詭異的安靜。

「多謝你親切的招待，不過我們是來查案的，請哈來頓經理盡量協助我們，你也希望院長先生的死因能夠早日水落石出吧。」那名說話的男性留著俐落的鬈髮，他客氣地朝梅瑟笑了笑，自我介紹地說：「我是法蘭克，陪同我一起拜訪貴歌劇院的則是新人華爾特先生。」

梅瑟跟著笑道：「協助警官辦案是小市民的職責，請不要客氣。」

「那麼，我們就直接開門見山的說了。」法蘭克一邊翻閱記事簿，一邊說：「這起歌劇院的意外，雖然看似一般的事故，不過我們懷疑……」

正在法蘭克說話的時候，先前被梅瑟差遣去端咖啡的女接待員帶著托盤敲門而入，並將三杯咖啡放在桌上。這位熱血而一心辦案的警官，卻看見他的同伴興高采烈地要拿熱飲喝，於是氣憤地拍掉華爾特的手。

「不准喝，你這個新人，明明事前我們說過要由你來審問案情，你真是警界之恥！」

「前輩，天氣很冷，再加上我肚子很餓，工作起來一點效率都沒有，難道你不能讓我喝完咖啡再做事嗎？」華爾特一臉慘兮兮的看著法蘭克。

「不行！」

法蘭克再也忍不下這口氣，索性對華爾特放聲怒吼，「你給我好好學習，再有一句廢話，我叫你出去洗地！」

華爾特聞言，只得壓下喝咖啡的慾望，呶呶嘴說：「討人厭的前輩。」

坐在兩個警官面前，目睹他們爭吵經過的梅瑟，臉上掛著微笑。

他拿起咖啡喝了幾口，說道：「這件意外事故確實讓在下感到遺憾，因為歌劇院

從以前就經常發生器材掉落的小問題，卻沒想到這次掉落的竟是砸死毛爾院長的水晶吊燈。除了人們相傳的『魔鬼的惡作劇』，在下想不到院長是怎麼死的。」

法蘭克與華爾特聞言，不免也盡力表現出一副正經嚴肅的樣子問道：「魔鬼的惡作劇？哈來頓經理是指市民對歌劇院以訛傳訛的莫須有傳言？」

梅瑟放鬆地把背靠在椅子上，苦笑道：「在下過去以為，那只是敵對的歌劇院想出來的流言攻擊，但是經過這次的意外，看來也許魔鬼真的存在於歌劇院哦。」

兩人警戒地問：「怎麼說？」

梅瑟聳了聳肩，慵懶的看著他們，「誰知道呢？意外來得就是這麼巧合，一向維修保護得十分牢固的器材，偏偏選在換角當日出問題。除了魔鬼作祟之外，實在毫無道理可言。」

「但是，哈來頓先生……」法蘭克還想說。

「警官先生，要不要再來一杯咖啡呢？」梅瑟愉快的看向他們，一點轉圜餘地也不留的說：「與其談魔鬼這麼空虛的存在，在下還是認為不如吃吃喝喝來得有趣，你

們說是嗎？」

法蘭克與華爾特看著彼此，一時說不出話只好僵著不動。

「先生，我們覺得這一起意外還是有查清楚內情的必要……」華爾特勉為其難地說道。

梅瑟見狀，便說：「難道你們以為，在下會派人把水晶燈的零件弄鬆，好等毛爾院長入席看戲的時候，算準時間讓它掉下來？」

「不，當然不是！」他們神情慌張的解釋。

「兩位警官別這麼慌張。老實說，就算在下有意對院長下手，但是他死了，對我有什麼好處？反倒我還得傷透腦筋，獨自撐起這座歌劇院，這豈不是自找麻煩？」梅瑟說話口吻溫和，目光卻凌厲地看著他們，試探地問：「你們覺得呢？」

「好吧，我們明白哈來頓經理的意思了。」法蘭克點頭道，跟著話鋒一轉：「但這次是關心喜歌劇院的貴族請我們前來察訪事件，我們若是不能查出一個下落，對他們無法交代。」

梅瑟挑起眉頭，微笑道：「兩位警官辛苦了，如果你們想搜查歌劇院其他地方，我會派人帶你們去，恕我不招呼各位了。」

兩人見梅瑟渾身散發強烈的氣勢，心想他們若沒隨身帶槍，很有可能會在剛才的氣勢對決中敗下陣。

他們決定識趣的閉口，目送梅瑟離開包廂，才結束一段訪談。

第三章 魔鬼的顫音

Dritte Aufzug : Sonate

梅瑟離開包廂，來到一個別緻高雅的房間，但在進門之前，他凝視著眼前那道門，擱在門邊的手輕輕敲了下去。

房裡沒有回應。

梅瑟伸手轉動門把，將門推開一條能容納他的縫隙，接著走進房裡，看見一張柔軟的白床上躺著一個黑髮女子。

「伊馮娜・佩茲小姐，妳的身體覺得如何？」

他帶著沉默疏遠的目光，望著因遭意外波及而昏倒在舞台的美艷女子，也是全城知名的女歌唱家。

女子感覺身邊一道專注的視線拂向自己，於是從床上起身，可她的模樣與原先她那副孱弱相完全不同。

「哈來頓經理，你是來看我的嗎？」伊馮娜眨著眼睛，甩動柔順的黑色長髮，神情相當嫵媚。

「身為一個歌劇院的經理，關心旗下的演員是義務也是責任。」梅瑟臉上沒有一絲憐惜，充滿辦例行公事的敷衍神色。

伊馮娜見梅瑟站在床邊，她張開雙手，像八爪章魚黏住獵物般抱住他的腰。

「佩茲小姐，妳又昏倒了嗎？」梅瑟不為所動的看著懷裡的女性，態度十分冷靜。

她有一張美麗的臉、成熟豐滿的身材、烏黑亮麗的秀髮，特別是跟男人撒嬌起來，甜得就像一塊可口芳香的蜜糖。

但是，這些優點未曾令梅瑟動心，好似他的眼中根本沒有這名女子的存在。

「真是對不起，我是在你渾身散發的迷人氣息下窒息昏倒的。」伊馮娜攙扶梅瑟的肩膀，勾動豐潤的紅唇，在他的薄唇上蜻蜓點水的吻了一下。

梅瑟半瞇著眼睛，沒有一點反應。

「原來如此，妳的昏倒是裝出來的。」

伊馮娜發出嬌滴滴的笑聲，「真傻！歌劇院發生那種事情，如果我不裝暈逃過一劫，只怕我也有麻煩上身……你不知道，一個藝人最重要的是她的名聲與美貌嗎？我才不要因為一場意外而放棄我的美夢。」

梅瑟問：「如果我記得沒錯的話，妳是毛爾院長的情人，他死了，妳不難過嗎？」

「你提這種尖銳的問題，真不懂女人的心。我雖是院長的情人，也利用跟他交往的這層關係，得到許多演出機會，但是我也與你有過一段情，難道你忘了？」

「在下感到挺訝異的。想不到那位看來忠厚的經理，竟與妳這種女人有情，這事意外得讓人跌破眼鏡呢。」

「你說什麼？」伊馮娜問。

「不，什麼也沒有。」梅瑟苦笑。

伊馮娜神情從容地起身下床，她走了幾步，突然繞到梅瑟身後抱住他，低聲說道：「毛爾的死，是你故意安排的意外吧，別以為我沒聽見你們早上的談話。只要他死了，喜歌劇院不就落在你這位經理的手中了嗎？到時隨便你想怎麼做，沒有人可以干涉你。」

梅瑟挺直地站在原地，他眼神漠然的看著伊馮娜愉悅的臉色，一點罪惡感都沒有。

「妳弄錯了，那是件單純的意外。」

「放心，我說這些話不是要威脅你。相反地，我只想告訴你，與其跟中年男子在一起，我還是比較喜歡年輕俊秀的男子……如何，讓我只專屬於你，成為歌劇院的女主角吧。」

梅瑟勉強壓下心中一絲不悅，冷冷地說：「佩茲小姐，像妳這樣有名氣的歌唱家，不管到哪間歌劇院都會受歡迎的。」

「討厭，難道傳言是真的？你跟瑪麗安娜雖是名義上的養父女，不過你卻跟她有不可告人的關係……」

梅瑟轉身過去，輕輕推開伊馮娜，執起她的手握著不放，柔聲道：「妳說什麼呢？像我這樣陰險狡猾的男人，正好適合像妳這樣用盡心機的女人。」

伊馮娜心喜地投向他的懷抱，說道：「哈來頓先生，我等這一天已經很久了。能在你身邊的女人只有我，而且從過去到現在，我真心愛的人只有你……希望在你今後的生命中，我是你唯一的女主角。」

梅瑟摟著伊馮娜，似是接受她的愛。雖然他臉上帶著微笑，可卻打從心底厭惡她身上帶著淡淡腥味的體溫，一如他在毛爾面前對這個女人的輕蔑。

這個利慾薰心的女子眼中只有自己，總有一天會為他帶來麻煩。

梅瑟唇邊飄出一股諷刺的笑聲，他觸及伊馮娜疑惑的視線，看著她迷人的臉龐，削尖的下巴，以及鮮紅的嘴唇，便微笑地說：「我答應妳，下次舞台的女主角非妳莫

屬，妳要為我演出一場感人，精彩又絕倫的好戲。」

「好的，我向你保證，一定會全力演好你給我的角色。」

梅瑟看向懷中抱著的女人，臉上浮起了一抹冰冷的微笑，似是定下一件策劃好的計謀。

歌劇院內一團亂，歌劇院外也一團亂。

這些日子，說書人一直徘徊在歌劇院大門外的廣場，藉著兜攬生意為名，四處查探歌劇院的內部祕密，不過卻一無所獲。

「歌劇院發生驚人大事了！」

「那件無端掉下水晶燈砸死人的意外，實在太可怕了。」

說書人看見站在他身邊的兩個市民談得正起勁，於是靠過去詢問道：「抱歉，請問你們在談什麼？」

幾個市民發現說書人的眼神深處藏匿著渴望的光芒，便說：「你不知道嗎？歌劇院的院長死了，聽說是住在歌劇院的魔鬼下的手！」

說書人聽到這個消息，雖然一副鎮定自若的神態，可他心裡免不了想再多知道一些，畢竟與魔鬼扯上關係的事情，包準情況只會變得更糟。

當說書人正要詢問那些市民，卻被他們以不清楚內情的理由拒絕了。

此時，他站在擁擠的人群中看見兩張熟悉的面孔，正從歌劇院大門的方向走向廣場。

兩道身影分別是嬌小可愛的少女，以及跟在她身邊，一位溫文儒雅的青年。兩人似是熱衷地談論時事話題，只見少女神情激動，以致青年只好神色不安地安撫她的情緒。

「安琴，這裡可是大街喔，妳說話的聲音能否再降低一些呢？」青年以祈求的口氣說。

「不行！我那些想說卻不能在歌劇院說的話，已經湧到喉嚨了。我再不說出來，一定會氣到沒力的！」

「這個時候，妳就要學習那些有修養的小姐，她們絕不會跟一群大男人爭先恐後的搶著找新聞……妳要是沒辦法做到這樣，就裝作什麼都不知道吧。」

「怎麼可能什麼都不知道啊？歌劇院居然發生吊燈砸死人的意外，我以安琴小姐的名字向你保證，這一定是謀殺，謀殺啦！」

青年聽見少女嚷嚷大叫的聲音，顧不得自己那優雅高貴的形象，急忙用手摀住她的嘴，低聲勸阻道：「妳別不加思索就隨便亂說，注意這裡是什麼地方。」

「恩斯特，你說歌劇院耳目眾多不能講，回到你家也不能講，那本小姐熱血澎湃的情緒又該如何抒發啊？」安琴忿怒地說。

「叫妳小聲一點，妳卻越說越大聲，真是的。」

恩斯特貌似無奈的嘆了口氣。

對青年來說，因為他與少女情如兄妹，在這種必須以兄長身分管教她的場合，卻拿她一點辦法都沒有，不禁令青年十分苦惱。

兩人走到廣場中心，青年發現有道視線距離他們不遠的地方，微妙的投射過來，於是他一邊制止的拉著少女，一邊與對方禮貌的打著招呼。

「這位朋友，請問有什麼事嗎？」

說書人知道走向自己的這兩個人，正是兩個月前曾與他見過面的恩斯特與安琴。他向恩斯特行了一個注目禮，卻在與他們視線相觸的瞬間，察覺到對方眼眸盛著陌生與困惑的神色，說書人便瞭解這兩人已不認得他。

一開始，說書人確實有些驚訝於恩斯特與安琴的改變，他隨即變得釋然，也再一次見識到歌劇效應的能力。

他不難過，只感到有些寂寞。

「沒什麼，我聽你們好像在談歌劇院的事，能否與我聊聊？」說書人道。

安琴這時候突然插話進來，「先生，你穿戴整齊，看起來像是一個貴族吧！你為什麼不自己進去瞭解情況呢？」

說書人見一個曾經與他熟識的人，現在卻用陌生的口氣和他說話，不免苦笑地說：「對不起，我不是貴族，只是一個旅行者。」

「安琴，不得無禮！」

恩斯特看向說書人，臉上佈滿歉意，「先生，我們也不太清楚歌劇院究竟發生什麼事，很遺憾幫不上你的忙。」

說書人向兩人點頭，嘴角帶著溫和的笑意，「沒關係，祝你們愉快。」

青年看著說書人的笑容，內心對這個人感到非常熟悉，好似曾經在哪裡見過。但是他沒有把這件事說出來，便與安琴一起離開說書人眼前。

歷經幾次詢問路人卻處處碰釘子的經驗，說書人決定到喜歌劇院一探究竟。

走向歌劇院大門，上了階梯，他發現門廳站了兩位警官，兩人的感情看起來不太好，似乎陷入嚴重的爭吵。

「華爾特，你這個笨蛋！正事不做，光會注意其他地方，回頭我要向上頭報備，解除和你的拍檔關係！」

「前輩，你不要這樣嘛，我以前聽說科米希是一座歌劇之城，直到我升格為警官，才發現不是假的耶！漂亮的歌劇院加上漂亮的女明星，讓我看得目不暇給，你怎麼不覺得感動？」

法蘭克被這位菜鳥警官氣得吹鬍子瞪眼睛，連忙罵道：「聽好，我們是來查案子的，如果你想看熱鬧，我明天就報備上去，把你調來這裡顧問，你覺得如何？」

華爾特一臉無辜地說：「前輩說了便算吧，我會更加努力工作的。」

「喂，那邊的男人，你偷偷注意我們很久了，你是幹什麼的？」

法蘭克將視線移向華爾特身後，看見一個男人倚在門廳的紅色柱子，臉上咧開一個詫異而溫和的微笑，朝他們的方向走了過來。

華爾特注意到法蘭克臉上極不尋常的神色，於是乖乖閉嘴沒說話。

「抱歉，在下沒有特別的目的，只是沒有意識地走向歌劇院而已。我在廣場那裡聽到不少人談起歌劇院的意外，能否向兩位警官打聽消息呢？」

「你為什麼要打聽這件事？」法蘭克收起一臉的怒容，鎮靜自若地看著面前這個頭戴黑帽，手拿皮箱的青年，口氣充滿了防備。

「是這樣的。」說書人朝他們上前一步，很和氣的說：「我想知道大家都在傳的那些意外，是否與瑪麗安娜小姐牽涉到關係，又或是她現在安全嗎？有沒有受傷等諸如此類的小事。」

「瑪麗安娜？喔，你是說那位很出名的女伶嗎？」法蘭克眼神警戒地看著說書人，「你跟她有什麼關係？如果你是她的戲迷，麻煩請去問歌劇院的人，我們不便多說。」

說書人愣了愣，一時間找不到什麼好理由，便下意識地說：「在下是她的哥哥，我跟她已有多年不見，特地到這裡找她。想不到歌劇院出了意外，我很擔心她，才來詢問警官先生。」

「喔，兄妹？」

華爾特很感興趣地審視說書人的外貌與打扮，卻有些不識相的說道：「先生，恕我直言，我覺得你們長得一點也不像啊。」

法蘭克見場面尷尬，難以忍耐的用手肘撞了一下華爾特的腰側，讓他痛得連腰都直不起來，才不會繼續那些愚蠢的發言。

「失禮了，既然是兄妹，擔心也是情有可原。你不必想太多，那位女伶與這次意外沒有直接的關係。」

說書人聽到這消息，心裡覺得法蘭克的話中帶著蹊蹺，便問：「這話怎麼說？」

他見這位警官面色嚴肅，直覺到歌劇院內部可能出事了。雖然說書人無法解釋，自己為何如此掛心瑪麗安娜的安危，也許是她有一些地方和伊索德相像之故，才會使他莫名在意吧。

兩位警官暗中交換了一個眼神，彼此有默契的答道：「你在意的不是妹妹的安全

嗎？既然你已知道她平安，請恕我們還有要事，不便與你多談。」

說書人盯著他們，露出微笑的說：「好的，謝謝你們。」

當他一邊跟警官談話，一邊從站在歌劇院門廳外面的人群中，見到一個他此生不應再度見到的身影。

「這不是法蘭克與華爾特先生嗎，你們的調查告一段落了？」

一道屬於男人的低沉聲音朝兩位警官招呼而來，於是他們也朝男人圍攏過去，致謝的點頭。

「哈來頓先生，謝謝你大開方便之門，調查已經結束了，祝生意興隆。」

華爾特看見法蘭克僵著臉色說話，便困惑道：「前輩，不對啊，你明明說這案子有很多古怪的內情……」

「華爾特，閉嘴！」法蘭克不耐煩地說：「你身為新人，要學的事情還有很多，不要胡思亂想，跟我一起走。」

梅瑟沒有理會警官之間的爭吵，依然保有風度的回答，「在下心中，不禁為兩位升起一股尊敬的情感，希望你們工作順利。」

在警官們離去之際，梅瑟回頭，目不轉睛地盯著那個站在門廳與階梯之間的男人。

梅瑟靜靜的不說話，當他向對方點頭微笑，男人卻走下階梯，神情忿怒地瞪著他，彷彿他們這場不期而遇，是天底下最糟糕的安排！

對此刻的說書人而言，就算他被地獄的森羅火焰吞噬，進而化成灰，也絕不會忘記魔鬼化身成歌劇院經理的長相模樣。

他壓下心中過度的激動，卻無法掩飾對梅瑟那股厭惡的臉色，而說書人臉上那雙灰藍色眼睛燃起熊熊的蒼色火焰，似是能夠燒掉整座歌劇院的忿恨。

每當說書人回憶過往的時候，那段艱苦地尋找魔鬼的歲月，便有如走馬燈般地迴旋在他心中，雖然他總是受迫於無可奈何的綑綁中無法解脫，但與魔鬼給他的折磨和妹妹嘗到的痛苦相比，他這點苦根本不值得一提。

兩個身形與外貌皆不同的男人，各自站在階梯一端，他們彼此打量對方的神情，

陷入極其壓抑的沉默氣氛。

說書人走下台階，暗自喘著氣，仍無法讓臉色平靜下來，於是他對梅瑟說：「你居然敢堂而皇之地出現在我面前。」

梅瑟聞言，紅眸隨即掠過一道詫異神色，他輕輕地跨上台階，以一副被眾人簇擁的從容態度，朝說書人微笑道：「這位先生，您因何事顯露如此痛楚的表情？要是您身體不舒服，應該去醫院，而不是歌劇院喔。」

圍繞在梅瑟身後的男男女女，聽見他出言無度，還加以奚落的話，紛紛笑了起來。

一名歌劇院員工在此時抱怨地說：「哈來頓經理，您可能不知道，這個人自稱說書人，老是徘徊在這裡，專搶歌劇院的生意。」

梅瑟挑眉，「原來你就是很會講故事的說書人，我早就想見你了，果真是俊秀出眾的男人啊。」

說書人不在乎眾人對他羞辱譏笑的眼神，而當場與梅瑟直接發生衝突——他快步

迎上前，掀開西裝外套，再從槍袋拔出手槍，將其對準梅瑟的腦門。

「你再那副從容態度的話，完蛋的人會是你。仇恨的力量在我體內洶湧澎湃，它在吶喊著要打倒你……就是現在，我會殺了你！」

眾人見狀，驚叫了起來。

在這麼慌亂而教人緊張的時刻，所有人都害怕地看著那位穿灰色西裝的男人。只要他按下扳機，子彈便會伴著噴射的火焰，打穿梅瑟光滑立體的額面，造成一場血濺歌劇院的悲劇。

梅瑟被說書人用手槍抵著額頭，他不但沒有一絲驚慌，神情還相當優雅地看向企圖殺他的男人。

過了一會，他聳肩說道：「先生，在下不曉得您為何要危害我的生命，但是我必須讚美您這份教人欽佩的勇氣！我想您可能是將我認成您的仇家，才會如此衝動行事吧。」

「你說謊！你這副扮相，明明就是……」

梅瑟大笑著打斷說書人的話，「真抱歉，在下雖然不曉得您的仇家長什麼樣子，但是我不需要，也沒有理由隱藏自己的身分。或者，您可以問問我身後這些人，他們是我歌劇院的員工，跟我一起工作長達三年以上，都能為我作證。」

說書人不相信梅瑟的說詞，原本還以為對方會拿出飛刀抵抗，那麼他就可以證明梅瑟是魔鬼的化身。畢竟魔鬼是個相當傲慢的傢伙，沒理由在他槍口威脅之下還不反擊。

不期然的，梅瑟任說書人壓制而沒有抵抗。當他歉然的笑臉與說書人震驚的神色相映，使說書人心中十分訝異，他不知道這究竟是自己的誤認，還是魔鬼的把戲。

「哈哈哈，說書人，瞧你這副嚴肅的模樣，難道你忘了我？」梅瑟臉上浮現一道惡作劇的笑容，當場令說書人愣在原地。

「你說什麼？」

「把手槍拿開吧，只要你聽我的解釋，很快就能明白了。」梅瑟將說書人抵在自己額上的銀手槍挪到一旁，柔聲說：「還記得嗎？我過去被困在歌劇院的地下室，活在那暗無天日的地方，真是求救無門。要不是受你的幫助，將我從可怕的魔鬼手中救了出來，只怕我會死在那裡！」

眾人聽見梅瑟這番話，便插嘴進來的說：「我們也知道那件事，但卻不曉得是這個拿槍要殺你的男人做的！」

「說來我要謝謝你，沒有你，我便不能站在這裡向你道謝。」梅瑟見說書人不動聲色地向後退了一步，便上前逼迫說書人一步。在他說話的時候，眼睛還微微閃爍，似是與對方久別重逢的欣喜。

說書人本來就很討厭梅瑟，一聽見他說這種諷刺的話，想著梅瑟將自己玩弄於股掌之間，說書人即使心裡生氣也無法表現出來，便板著臉孔看他。

梅瑟帶著懷疑的眼神看著說書人，他的嘴角藏著玩世不恭的幽默笑意，好似能夠看穿說書人的偽裝。

過了會，梅瑟上前走近說書人身邊，對他低聲耳語道：「省省力氣吧，現在這麼多人看著你，要是再不收手，小心麻煩上身。」

梅瑟退開，一臉像是看好戲的冷笑。

說書人喘了口氣，掩飾自己銳利逼人的目光，沉聲說道：「不好意思，你的相貌確實讓我想起曾經非常痛恨的一個男人。所以見到你才讓我欣喜若狂，一時神智錯亂認成別人。」

眾人聞言，紛紛釋然的點頭，一副「原來如此」的臉色。

「各位沒事了，我們先回去歌劇院準備公演。」梅瑟對說書人的作為一點也不生氣，還為他化解場面的氣氛。

就在他一聲令下，帶著眾人揚長而去的同時，梅瑟回頭看向說書人，刻意露出溫柔的微笑，「說書人，你想看戲的話，就來找我吧，或許我可以賞賜你幾張戲票……恕不奉陪囉。」

說書人氣憤難忍地瞪著梅瑟的背影，心中猶為梅瑟真實的身分而翻攪著不安。儘管如此，他卻無法證實自己剛才要殺的，究竟是那位歌劇院經理，還是狡猾多詭的魔鬼？

不管梅瑟怎麼掩飾，說書人都不會忘記兩人四目交接的時候，他觸及梅瑟從眼睛深處所散發出的冷漠目光，雖然只有一瞬間，卻令人相當在意。

說書人站在歌劇院門廳的台階，他向自己發誓，無論如何都要找出梅瑟掩藏在笑面之下的真實身分。

第四章 魔鬼的顫音

Vierte Aufzug : Sonate

喜歌劇院好不容易匆匆結束一場意外，梅瑟卻在眾人的訝異目光之下，若無其事的安排下一場舞台劇的演出。

關於舞台劇，這是一齣講述美艷多情的伯爵夫人，周旋在數名情人之間，最後找到真愛，帶有一點異色幽默的喜劇。

這次的舞台劇相當特別，它不只是一場普通的公演，更是為了讓觀眾藉由這齣戲，遺忘對那次意外的深刻印象。因此，梅瑟除了不給演員充足的練習時間，還規定要以即興的方式演出。

上演當天，歌劇院的演員們聚集在後台化妝室，紛紛閒聊起來。

「聽說這次的新戲只上演一天，是哈來頓經理設計的一齣含有死亡預告的舞台劇。」一位男演員說。

「我也聽說了，劇本不但是經理寫的，就連女主角也是他安排的，聽說了嗎？居然是那個遇到小事就裝病昏倒的佩茲小姐。」另一名女伶道。

「難怪我覺得她最近和經理走得很近，美其名是討論劇本演出，誰知道他們私底下會幹什麼？」

「講到劇本，不是有一幕女主角被情人槍殺，結果是情人為了測試她的真心而假意槍殺她的劇情嗎？我倒覺得很有意思，要是讓她在舞台上被合法殺死，不知這罪名該如何追究。」

「我也這麼覺得，畢竟她的名氣都是過去和權貴交往而累積下來的。聽說她喜歡搶別人的工作，早就讓許多人心懷怨恨。」

正當那些演員放下手邊的劇本，還想聊得更加深入，這時後台響起一道柔和的責備聲。

「你們穿好戲服，化好妝，做好演出準備了嗎？」瑪麗安娜戴著白色軟帽，穿著罩衫式服裝，看起來像個侍女的樣子。

眾人見她皺眉的不悅模樣，便說：「瑪麗安娜，難道妳不生氣嗎？那個女人又不是劇團的固定班底，她只靠媚惑男人的功夫，就從妳身邊搶走女主角的地位！」

「有什麼關係，我偶爾也想演演小角色啊。」瑪麗安娜微笑地說：「不管演什麼角色，我都要全力以赴演到最好，這是我身為女演員的使命。」

瑪麗安娜的思緒飛回昔日收到箋紙的時光，想到有人期待自己的演出，她的心頭一熱，感到自信源源不絕的湧出。

眾人見狀，無法說些什麼也只好苦笑。

就在這個氣氛最微妙的時候，擔任女主角的伊馮娜，得意洋洋地推開化妝室門口，高傲得就像一隻七彩孔雀般走了進來。

一些懂得見風轉舵的演員，急忙圍攏過去祝賀伊馮娜，讚美她身上那襲華麗多層

次的蕾絲長裙，整個後台變得相當熱鬧。

霎時，伊馮娜成為眾人目光的焦點，人人都在奉承她，把她當成經理跟前的紅人，這讓她心情很好。當她看到飾演女侍的瑪麗安娜，更露出勝利的微笑，好像這麼做就能使那個小女孩失色一樣。

然而接下來的發展，卻是瑪麗安娜滿心歡喜向她道賀的情景。

伊馮娜見瑪麗安娜一點也不在意女主角由誰擔任，好像只要能演戲就很開心的模樣，心裡真是恨得牙癢癢的。明明被剝奪女主角地位的人是她，為何這個小女孩還能有如此美麗的微笑？

後台的熱鬧氣氛沒有維持多久，很快便到開演的時刻。

舞台上，所有演員輪番出場。隨著劇情演進，不同性格與角色的演員使伊馮娜身為女主角的地位更加鮮明，也為這齣即興的公演增添不少色彩。

這場公演大約湧入了一千多名的觀眾購票看戲，其中有社交名流，也有仕紳名媛，所有人滿心期待地欣賞戲劇，也為演員的即興演出喝采。

一直到目前為止，舞台劇的內容還算如預期演出。然而在一場持槍戲碼當中，伯爵夫人的情人持槍作勢要殺伯爵夫人，卻沒想到那把無裝填子彈的槍竟射出一發子彈，當著全場觀眾面前，上演一場最真實的死亡預告。

伯爵夫人被槍打中，當場血流如注。只見她一手摀著胸口，一手往舞台後方求救地喊道：「救命，我被槍打中了，救救我……」

觀眾們見到這一幕，不禁讚嘆地談論起來，「瞧，演得真好啊，連身上流個不停的鮮血都像是真的一樣。」

「沒錯，那臨死前的哀號聲都極為逼真，如果這不是演戲，我差點以為是真實的兇殺過程呢！」

伊馮娜身上那件華麗的絲綢裙子已被鮮血沾濕，上頭淋漓著許多血痕印漬，讓她扮演的伯爵夫人看起來非常狼狽。

瑪麗安娜躲在舞台後方，她用手緊緊抓著兩側垂下的紅色簾幕，一點恐懼害怕的聲音都發不出來。

此時，有一雙手放在她的肩膀，用輕柔無比的呢喃聲安撫她的心境。

瑪麗安娜錯愕地回頭，她睜大眼睛看著梅瑟，墨綠色的眸子藏著她無法解釋的顫慄。在人聲沸騰的劇場，卻彷彿有數道冷風同時吹向她，讓她感覺到嚴酷的寒冷。

「叔叔……哈來頓經理，伊馮娜她……快救她！」

「妳說什麼呢，她是舞台上重要的女主角，這場槍擊戲是她演得最好的一次。誰也別出手，儘管讓她在那裡痛苦的掙扎，將美麗的臉龐扭曲到變形吧。」

梅瑟阻止瑪麗安娜衝到舞台去救伊馮娜，還面帶愉悅的微笑，「在這場只能上演一次的戲劇舞台，她毫無疑問是最棒的女主角。」

在梅瑟向來以英挺著稱的臉頰，此刻洋溢著有如獵人瞬間奪取到獵物的陰冷笑意，他那雙比暗夜寒星更為明亮的紅眸，正目不轉睛地盯著瑪麗安娜。

「叔叔，你不打算救伊馮娜……難道你想看她死在舞台上？」

「妳居然在發抖呢……緊張什麼？只要她一死，女主角的位子非妳莫屬了。」

瑪麗安娜微張著紅唇，她聽不見耳邊的聲音，只覺得腳下所踩的那片單薄冰地，

在梅瑟溫柔而殘忍的笑容之下，統統裂成碎片。

霎時，飛裂的冰塊與四起的火焰，交織成少女尖銳的慘叫。這種感覺，就像掉入一個闇暗的深淵，那是讓人跌過一次，再也爬不出來的斷崖。

歌劇院的首日公演進行到一半，卻因為演員被槍誤擊而身亡的事故，宣告該部戲停止上演。所有觀眾親眼目睹一齣死亡悲劇，有人大聲尖叫，也有人當場昏倒，現場一片混亂，造成了不小的震撼。

當日，伊馮娜不幸身亡的消息隨即傳遍科米希，引來貴族與警界的重視。連參與該部舞台劇的劇團成員，統統遭到警官的搜索盤問。

那些警官沒有查出什麼結果，命案的調查進度也陷入膠著狀態。

但是，這些事依然對歌劇院的營運造成了影響……因為警官介入的關係，所有預

定上演的戲劇被全面強制中止，連帶歌劇院也陷入停擺關閉一個月的命運。

對所有演員與觀眾來說，那一場舞台劇是充滿血腥與恐怖的惡夢。人人都相信，美艷而有才華的女歌唱家是「魔鬼的惡作劇」的第二位犧牲者。

伊馮娜的葬禮訂在事故後七天內，選於一處舊墳場舉行。

雨後的天空陷入一片灰濛濛的沉重，群聚在墓園上空的陰雲籠罩著大地，它們亦是今日這場葬禮的旁觀者。

告別禮的過程莊嚴哀淒，牧師虔誠的唸誦禱詞和經文，亡者家屬、在場參禮人士也靜默地陪伴在一旁，細細咀嚼著對亡者的追思與哀傷。

這時，身為觀禮者的一名男性，終於忍不住開口說道：「真不敢相信……美麗的佩茲小姐居然在如此年輕的時候就去世了，連她的葬禮都是這麼寂寥淒涼。」

站在男性身邊的一個中年婦人聞言，不禁掩面痛哭起來，「我的女兒明明是全城知名的歌劇演唱家，為何會誤中槍擊而死在歌劇院？」

戴著黑紗帽子的年輕女性看起來像是婦人的女兒，她安慰的輕撫母親後背，細聲

細語的說道：「母親，請別再傷心了，姐姐為戲劇付出一生，如今這種結局也算她的心願。」

傷心哭泣的婦人看見一名穿著黑西裝的男人走了過來，她勉強拭去眼淚，向男人說道：「經理先生，謝謝你親自到場致意。」

梅瑟臉上帶著歉然的微笑，「在下很遺憾，沒能阻止這場不幸的悲劇，佩茲小姐的演出相當完美，卻也是這份完美，讓我沒有發現她真的中彈。當她倒地不起，我們還懵然不知地以為這是她演技的一部分。」

「當然，警方那裡已經調查發現，槍裡裝著的空包彈被換成了實彈……真的很對不起，歌劇院方面一定會負起責任，請您原諒。」

兩名女性見梅瑟如此誠懇地向她們致歉，心中對歌劇院的困惑與不諒解也減少了一些，只是不管道歉的話說得再多，都拯救不了伊馮娜的生命。

葬禮結束了，守在墓碑兩旁的牧師與家屬紛紛離開墓園，還給辭世者一片安息長眠的清幽環境。

站在墓碑前的兩道身影，腳下像生根似的停在原地不動。一陣吹落綠葉的強風拂過兩人身後，帶來了墓園的孤獨與悲悽。

駐足在墓前的年輕身影發抖似的動了一下，伸手將亂飄的棗紅色髮絲撫平。

「叔叔，我向上帝祈禱，請祂拯救歌劇院，卻還是接二連三發生意外。毛爾院長過世，溫柔的佩茲小姐不幸蒙主恩召……為什麼會這樣？難道上帝聽不見我的祈求嗎？」

少女的外形相當纖細，她頭戴一頂鐵灰色的圓頂帽，穿著同款色系的繡花連身裙，她帶著淚水的側臉因為過度悲傷，此時正微微顫抖。

「親愛的，上帝是多麼崇高的存在，哪裡懂人類的情感？妳實在太天真了，怎麼會蠢得相信神聽得見妳的祈求？」

站在年輕男人身邊的嬌小身影，眼底含淚的回頭看他，「要是如此，我該相信什麼才好？即使到現在，我還是對佩茲小姐那雙佈滿血絲的眼睛感到印象深刻……她死得好痛苦，我卻不能為她做什麼。」

「這世上沒有神，只有凡人的貪婪與軟弱，以及無窮盡的慾望。」

梅瑟好看的臉頰出現一道瞬間即逝的冰冷微笑，他血色的眼眸就像一面沉靜的湖水，實則暗潮洶湧。

瑪麗安娜聽見梅瑟的呢喃聲，她的心沉了下去，緊咬的嘴唇也發白了。她從來沒看過有哪個男人的目光，能像梅瑟那樣冰冷得讓人心臟結凍。

很多時候，他說的每句話充滿強硬而無包容的餘地，使她除了沉默之外，不能有其他回答的選擇。

這時暗沉的天色，隨著一道強風已然消逝，圍繞在墓地的樹林發出沙沙的騷動聲，一陣微寒趁隙侵入兩人身邊，使沉默的氣氛變得焦躁。

「妳還要站在這裡多久？葬禮已經結束，死去的人也變成妳記憶的一部分。親愛的，妳的感傷是無用的。」梅瑟看著瑪麗安娜，輕而易舉地洞悉她的內心。

「我只想伴著涼風想事情，請你容許我再待一會，好嗎？」她說。

「妳在浪費時間。」梅瑟目光銳利地看著她的臉，隨即柔聲道：「妳該想的只有

如何讓歌劇院的營運起死回生，如何讓更多貴族欣賞妳的歌聲與美貌，如何讓妳伶人的地位屹立不搖。」

「叔叔，夠了！我不喜歡這麼現實的想法，我想要的是……」

梅瑟察覺到瑪麗安娜即將脫口而出的話，他冷冷笑道：「我告訴妳吧，妳只要頂著歌劇院女伶的光環一日，妳的美麗與歌聲都要獻給世人，無法擁有屬於自己的意志，這就是妳的宿命。」

瑪麗安娜壓抑著內心的痛楚，連話都說不出來，只好用絲巾拭掉眼角的淚，將梅瑟的話深刻地牢記在心。

她看他如往常一樣露出微笑，如往常一樣穿著挺拔的黑絨布西裝，戴在他臉上的金邊眼鏡顯得大方、高貴，得以襯托他立體的五官。

無論從哪一方面看梅瑟，他都是任何女人無法瞭解的一個存在，因為連她亦是如此。

他給人的感覺謙和有禮，待人處世皆保持不凡的風度，對人友善熱情，但是又適

時保持一種若即若離的冷淡，沒人可以看穿他的內心世界。

瑪麗安娜雖是最親近梅瑟的女子，但是她並不瞭解他。

有的時候，她甚至想問梅瑟，為什麼他會在一群孤兒當中選擇收養她，又為什麼要培育她成為女伶……只是這些疑問，她始終沒有勇氣向梅瑟提出。

「別再哭了，眼淚會弄糊妳臉上的淡妝，不管何時何地，妳都要保持出眾大方的儀態。」梅瑟伸手抹掉瑪麗安娜眼角的淚。

「叔叔，歌劇院不斷傳出令人不安的消息，你一點也不在乎嗎？」

梅瑟陷入沉默，好像在深思瑪麗安娜的話。然而過了一會，他抿直的嘴角卻浮現一道充滿嘲諷的笑意。

「真抱歉，也許我和妳想的有所不同。人類的性命很脆弱，不管我們做什麼事，都要經過一番深思熟慮才去做，如果妳不好好愛惜生命，就會像那些愚蠢的人一樣葬送生命。」

「但是，叔叔……」瑪麗安娜猶疑地皺著眉頭。

「妳不服從我，便有許多可憐人要跟著受苦……妳明白這句話的意思吧？」

瑪麗安娜默然無語，她心中沉積著對梅瑟的疑問，卻也因為他一語道出歌劇院現況的癥結點，而顯得難過。

雖然她為梅瑟的話感到沮喪，但憑著自己身為女伶的尊嚴，依然驕傲地挺直身子答道：「你說的我都明白。請叔叔放心，我不會讓你失望的。」

梅瑟神情滿意的看著瑪麗安娜，聲調平穩地說：「我還有事要先離開，馬車留在這裡，妳記得天黑之前一定要回歌劇院。」

瑪麗安娜點頭想要回應，她卻看見遠處停著一輛馬車，離馬車不遠的樹林，則站著一個年輕男人。

那個男人拿著皮箱，遠遠地朝兩人的方向看著。他戴著圓挺的帽子，穿著一件灰色西裝，他身上那件白襯衫，咖啡色的條紋背心，妥貼的長褲，全都匯集成一股高貴的魅力，源源不絕的吸引瑪麗安娜。

瑪麗安娜被男人一身沉穩內斂的氣質所懾，不自覺的出神，直到她察覺梅瑟盯著自己，才回神清清嗓子說道：「好的，謝謝你的寬容，叔叔。」

梅瑟看了她一眼，隨即轉身離去。

過了一段不算長的時間，瑪麗安娜強迫自己冷靜下來。她回想剛才的葬禮，梅瑟不管對誰都是同一種表情，這使她不由得想起不知誰說過，關於演劇界對梅瑟的評價。

『任何女演員、女歌唱家，在梅瑟眼中一律只有商品的價值，等她們失去做為商品的資格，他就會立刻拋棄那些美麗的女人。梅瑟的外表看來友善、熱情，但真正的他卻是個虛偽、冷酷、深沉，一點熱血也沒有的歌劇院之鬼。』

想到這裡，瑪麗安娜不禁對「歌劇院之鬼」感到恐懼。比起傳聞中棲息於劇院的魔鬼，站在她面前，充滿人性的魔鬼還要更令她不寒而慄。

總有一天，在她的美麗消逝之後，梅瑟也會把她當成累贅一樣扔掉吧。

瑪麗安娜悄悄想著，她雖然廣受人們喜愛，此刻她的心卻充滿無人明瞭的孤單與寂寞。

說書人作夢也沒想到，他會在教會與瑪麗安娜再次相遇。

說實話，自從他們匆匆一別後，他就再也不曾近距離地接觸她的身影，加上歌劇院門衛森嚴，他還以為不可能在外面見到她，只有靠不停收集歌劇院的消息，才能確認她的存在。

其實，說書人內心也對自己執著一名女伶到這種程度而覺得訝異，記憶中的她雖然長得甜美，卻只是一個小女孩。他也曾經看過比瑪麗安娜更美的女人，但為何他平靜的心湖會泛起漣漪……只是因為她的歌聲像伊索德？不，一定還有其他原因。

說書人壓抑住感情用事的念頭，轉而去想歌劇院的事。

這些日子以來，歌劇院發生各種意外的次數，遠遠超過幾個月前的。這些意外一次比一次來得可怕，就像是某人對歌劇院進行恐怖的統治手段。

說書人相信，歌劇院確實有「什麼東西」在蠢動。

得知歌劇院再傳意外，說書人漠然的眼底掠過一道光芒。他知道這一切都是魔鬼耍的把戲，不只是喜歌劇院，就連這座城市都將成為魔鬼的囊中物，任其玩弄到死為止。

說書人明白，他應該想著如何走進歌劇院，如何刺探梅瑟的底細。然而，當他的眼光落到一個皮膚白皙，神態像洋娃娃一樣的女性身上，便再也無法再將視線移開。

他站在廣場角落，看她像失魂木偶般走進教會，他跟著走進去，帶著熱切的目光探尋她的身影，最後選在離她身邊最近的一張椅子坐下。

講經台上的牧師正在唸祝禱文，台下的信徒則目光專注地聆聽牧師的聲音。

瑪麗安娜靜默地看著手中的經書，一點也沒發現說書人坐在她身邊，以近似窺視的目光看著她。

她隨意翻弄書頁，發現其中一頁繪有聖母像，目光便不自覺的停留下來。看著聖母憐愛地抱著懷中的幼子，那樣充滿愛的一幅畫，卻讓瑪麗安娜陷入對愛的迷惘。

她是一個孤兒，自幼即不在父母的關愛下長大，以致她無法瞭解愛，也質疑它的存在。

瑪麗安娜感到困惑，憂傷，不知所措。甚至覺得梅瑟說的話很有道理，也許這世上真的沒有愛的存在。

這時，她耳邊響起一道低沉的聲音，吸引她的注意。

「人們到教會參加彌撒，心中藉此祈求上帝的幫助。因為人在心靈空虛或煩惱纏身的時候，就想尋求宗教信仰的慰藉，將自己做不到的事，請求上帝替自己實現。」

瑪麗安娜聽見男人說話的聲音非常小聲，卻控制在能讓她聽見的音量範圍，而她也為男人說的那幾句話，轉頭看向身邊的戴帽青年。

瑪麗安娜看著男人，在他的眼神牽引下，使她便明白一件事。

這個男人除了有俊秀的外貌，深沉的個性，英挺的衣裝，還一直在看她，未曾將視線從她臉上移開。

「先生，如果你再這樣看我，我想我會忍不住出聲說話的。」瑪麗安娜受不了對方凝視她的眼神，只好朝他困擾一笑。

男人的喉嚨深處，迸出一道細膩而低沉的嗓音，「抱歉，我以為這樣可以讓妳知道，有個人期待與妳談談宗教信仰的話題。」

瑪麗安娜勉強裝出一種嚴肅的聲調，對男人問道：「你相信神嗎？」

男人答道：「來這裡讀經的人，大部分都是相信世上有神而來到此地，不過妳這個問題不是肯定或否定就能解釋的複雜。如果妳不相信神，怎麼會來做彌撒，又怎麼會想來祈求神，給妳心靈上的安慰？」

瑪麗安娜克制自己情緒的深呼吸，「我想相信神，可是我的叔叔告訴我，世上只有人類的貪婪與軟弱。也許他說得對，這世上沒有神，我的祈禱傳不進神的耳裡，所以我的眼前都是悲劇。」

男人深深注視瑪麗安娜，見她美麗的臉孔沾染一絲憂鬱氣息，輕聲說：「妳很矛盾……我也是。」

瑪麗安娜聽見男人輕蔑的口氣，驚訝的看著他，「你說話的方式令我記憶深刻，

難道我見過你？」

「妳有可能想起我是誰嗎？」男人問。

瑪麗安娜觀察男人的衣裝打扮，發現他衣領插了一枚貓頭鷹羽毛。她眨動晶亮的雙眼，覺得羽毛上的花紋似曾相識。

「你是大街上那個說話刻薄的人！」她從手上那雙飾以刺繡的白色手套，取出一張摺疊工整的箋紙，並將箋紙的手繪圖跡與男人身上的羽毛比對。

她證實自己的猜測沒有出錯，於是驚訝的看著他。

「小姐，可以的話，請不要這樣形容我，因為妳驚訝的言語會讓我感到難過。」

瑪麗安娜懷疑的抽了口氣，「我的天啊，這封信是你送的嗎？我以為像你這樣的人不可能會看歌劇……」

男人低聲笑道：「妳把我想得太沒感情了，其實我很喜歡歌劇，經妳演出的每齣戲都讓人彷彿置身戲劇殿堂，瑪麗安娜小姐。」

瑪麗安娜聽見男人這樣喚她，便不滿地盯著他看，「真沒道理，你知道我叫什麼名字，但是我卻不知道你的名字，還被你這樣捉弄。」

「妳想知道我的名字？」

「不然我便無法與你談話了。」

聽瑪麗安娜一說，說書人打從心裡感到震驚。經過這麼長的一段流浪歲月，他以為自己封閉的心不會再對任何女人產生悸動，但他發現面前的女子，竟能使他抱著一些期盼，不像過去對一切都不感興趣的自己。

「說書人，妳只需要叫我說書人即可。」他壓抑喜悅的心情，右手撥弄領結垂帶的小動作卻無意洩漏那份情緒。

「這不是你真正的名字吧。」瑪麗安娜問。

說書人聞言，感到心中因為女伶說的一句話，逐漸產生微妙的變化。

「你還好嗎？」

在瑪麗安娜困惑的視線下，說書人盡力使自己看起來一副正經的樣子，心中悄悄打消那個念頭，「沒什麼。」他說。

此時，由台上牧師主持的講經會結束了。

信徒們帶著寧靜的心情紛紛離開教會，雜亂的人聲像河流一樣分散說書人與瑪麗安娜的注意力，他們在匆忙結束對話之後，便跟著人們走出教會。

說書人追著瑪麗安娜的腳步，發現她走得快又急，於是拉高嗓門喚了她一聲。當他見到她平靜的笑容，不自覺的停在原地。

「我該走了，叔叔還在歌劇院等我回去。」

「叔叔？」說書人問。

「你知道梅瑟・哈來頓嗎？他是歌劇院的首席經理，負責劇院營運與管束劇團演員的職責。」

說書人的眼眸蒙上一層防備的光彩，「你們是親戚？」

「不是的，他是我沒有血緣關係的養父，我習慣稱呼他為叔叔。」提到梅瑟，瑪麗安娜眼底泛著無法言喻的孤獨，「在我與他之間更正確的說法，應該是劇院經理與旗下演員的關係。」

說書人察覺到瑪麗安娜的神色有異，她看起來不像以前那樣自信，不禁主動關切道：「妳心中如果有煩惱，或許需要一個傾聽者。」

瑪麗安娜猶豫了一會，她突然扭開頭，像被說書人激怒似的瞪著他。

說書人見瑪麗安娜故作姿態的模樣，他沒有生氣，卻能明瞭她的心情。在一陣沉默後，他曲起手指放在嘴角，藉以掩飾笑意。

「你笑什麼？」

「沒什麼，我只是覺得……雖然我與妳來自不同的生長環境，想不到我們某方面的性格居然很像。為了替別人著想，不得不掩飾自己的真性情，即使被人厭惡也不在意。」

瑪麗安娜不信的看著說書人，嘲諷的笑了笑，說：「少胡說了，我可是當紅的名伶，沒有替你著想的必要。」

「說得也是。妳身為當紅的女伶，給人的感覺卻不容易相處，妳的性格倔強又傲慢。若以外在的眼光來看，妳是個惹人討厭的女人。」

說書人失笑地看著瑪麗安娜，笑的時候還刻意不掩藏口角的一抹嘲弄，讓瑪麗安娜氣憤地漲紅臉頰。

過了一會，說書人又說：「我相信這不是妳天生的個性如此，就算妳這麼做，也一定有某種不得不讓妳表現出這一面的原因。」

瑪麗安娜與說書人的眼神相觸，她察覺到他臉上那道禮貌性的微笑，一顆心因而抽痛起來。她沒想到自己彆扭的性格能被人理解，也沒想到對方居然只是見過幾次面的男人。這都是她以前不曾想過的事。

瑪麗安娜心中一股澎湃的熱流，讓她放膽地抬頭直視說書人。

她發現他左臉頰那隻灰藍色的眸子，好似與她一樣充滿激動的神情，她覺得驚訝便再次望著說書人，卻發現他的眼神已變得不同。

說書人看著她，沒有所謂的熱情與冷漠，彷彿他將自己藏在內心無法挖掘的角落。

他身上那種令人難以捉摸的氣息，讓瑪麗安娜感到迷惑。

正在此時，烏雲密集的黯沉天色飄起了毛毛細雨，僵著的氣氛讓兩人停留在原地，沒有離開。於是瑪麗安娜試著伸手接過雨水，她甚至聽見豆大的雨滴打在草地的聲音。

說書人見瑪麗安娜的髮絲沾著幾滴雨露，他眉頭一皺的脫下西裝外套，將它撐開，雙手緊靠她的肩膀，把西裝覆在瑪麗安娜肩上。

他為了不讓雨水打在瑪麗安娜身上，便試著拉高西裝，神情充滿溫柔，「如果妳急著走，披著衣服去坐馬車吧，別淋濕身了。」

瑪麗安娜感到心中堅定的意志，不知何時變得容易動搖。彷彿她一看他的臉，就無法將視線移開，進而被說書人那道灰藍色的眼光攫奪，只能與他互視。

「你不帶我去避雨嗎？現在下雨了，我不想淋濕衣服坐馬車，如果你有不錯的點子，我或許可以考慮一下。」瑪麗安娜說。

說書人見她的面頰一片嫣紅，然而她卻裝出高傲的口氣說話。這兩者的反差令他掩飾不住嘴角的笑意，「這位嬌貴的小姐若不嫌棄與在下同行，不妨讓我們利用下雨

天，找個地方繼續談剛才的話題好嗎？」

瑪麗安娜老實地點頭，臉上顯露一個非常好看的微笑。

「好。」她聽見自己說。

第五章 魔鬼的顫音

Vierte Aufzug : Sonate

說書人帶著瑪麗安娜，走到一處被濃霧與針杉樹林圍繞起來的濕冷小徑。

兩人緩緩走著，彷彿走向永遠也沒有盡頭的道路。直到途中雨勢變大，他們便躲在樹下靜待雨停。

「這場雨下得真久。」她說。

「是啊，不知道雨什麼時候才停。」

瑪麗安娜看向站在她身旁的說書人，當他微微收起下巴，露出有些苦惱的微笑，竟讓她發愣得不能自己。

她知道，他有一張令女人心動的俊秀臉龐，而且長得又高，穿著打扮也不粗俗，不管誰見到他，都會立刻喜歡上這樣的男人吧。

瑪麗安娜背上與手上都有微妙的濕黏感，當她的手肘不經意碰到他的手臂，她竟然感到心頭湧上一股舒服的顫慄。

說書人注意到身邊女子好像在發愣，柔聲問道：「怎麼了？」

她急忙轉開視線，咳嗽幾聲便轉移話題的說：「你為什麼會去教會？我想聽你談談這件事，因為從你剛才的說法，讓我覺得你對神的存在保持著質疑。你是否和我一樣，想要相信神卻又不能完全認同這份信仰？」

說書人聽見瑪麗安娜好奇地詢問他，他不由得回頭看了她一眼，察覺到女子臉上明媚的光采與眼中的期盼，不自覺將思緒沉浸於過去，彷彿從她身上看見另一個女子的影子。

「這個嘛……我雖然不相信神，甚至詛咒神，卻又渴望祂能聽見我的祈禱，早點接引我已死去妹妹的靈魂到天堂，讓她從苦難的束縛下解脫。」

說書人嘆了一口氣，眼睛茫然地看著遠方，「我去教會，一方面假裝自己是個虔誠的信徒，一方面憎恨著神，若不是祂安排我與妹妹身陷不幸的悲慘命運，我就不會這樣恨祂。」

「實際上，我常常問自己，究竟要相信什麼才能做為活下去的證明？雖然我不曉得問題的答案，但我至少還會相信神的存在，因為有看似微不足道的希望，才能不被絕望擊倒……我是這麼想的。」

瑪麗安娜沉靜的目光照射在說書人臉上，雖然她沒有明顯的回應，但是下一秒卻以一種悲憐的神情看著他，「你也很矛盾，真是可憐的人。」

說書人說：「妳不明白，如果我否定神，我就必須相信妹妹已經不在世上了。對我來說，我的妹妹依然存在，她在地獄受苦，我一定要想辦法救她，假使要我墜落地獄換取她的自由，我也願意。」

瑪麗安娜神情複雜的看了說書人一眼。

說書人問：「妳相信我說的這些事嗎？難道妳不認為荒誕不經？」

「雖然有點神奇，但你確實和別的男人不一樣，因為你比他們還要奇怪。」她眼角帶笑地捉弄道。

「這是妳恭維人的口氣？」說書人打趣的問。

「或許吧。可是話說回來，我不認為你會拿妹妹的事開玩笑，因為你談這件事的時候，眼神之間流露著一種真誠的感情，所以我相信你說的話。」瑪麗安娜見說書人注視著自己，便說道：「你不要誤會，我會聽你說話，因為是我提起這個話題，沒其他目的。」

說書人看穿瑪麗安娜掩藏在高傲面具下的真心，不禁微笑地說：「好奇妙，只是和妳站在這裡說話，我竟對不曾見過幾次面的妳感到懷念。」

「為什麼？」她問。

「我說不出理由，也許當我聽見妳在舞台唱歌的聲音，我會藉由妳的樣子，想起我的妹妹。」

「我長得跟你妹妹很像，莫非她是個美麗的女子？」

「是的，她非常美麗。」說書人的目光變得深邃，「像妳一樣。」

瑪麗安娜抬起頭，觸及身旁男子那帶著熱情的視線，她白皙的臉頰隨即浮現紅潤。

「我知道你故意說這些話，等一下好捉弄我……對吧？」

「不是的，我說這些話，是因為對妳這個人有興趣，對妳出身的歌劇院有興趣，對妳身邊周遭的一切都有興趣。」說書人移動腳步至瑪麗安娜面前，將手臂倚靠在樹幹上，以寬厚的肩膀與胸膛，為身下女子擋住從樹葉隙縫間落下的雨水，使她不受風吹雨淋。

瑪麗安娜聽見說書人略帶著沙啞的低語聲，她下意識地抬頭看他，問道：「你到底想知道什麼？」

「把妳知道的一切全都告訴我。妳知道吧，關於棲息於歌劇院的魔鬼……還有被妳稱為叔叔的那個男人，他們全是不應該出現的存在，他們擅於迷惑人，就像妳這位美麗的伶人，也難逃魔鬼的誘惑。」

「你在說什麼？魔鬼和我的叔叔有什麼關係？」

「妳不覺得奇怪嗎？歌劇院出了好多意外，死了好幾個人，這些事情在城裡鬧得沸沸揚揚，妳應該覺得很恐怖，可憐的女孩。」

瑪麗安娜見說書人的左眼帶著憐憫，一怒之下便駁斥道：「你錯了，雖然歌劇院發生這麼多事情，我一點也不感到害怕，這都是因為我有叔叔在的緣故。他會支撐起歌劇院與劇團的演員，雖然人們對他的評價有如魔鬼，我知道這都是外界攻擊他的流言……」

說書人聞言，他的低語聲便帶了一些興奮，「把那些評價告訴我，這對我很重要，我要知道那個男人的一切！」

說書人大聲說了出來，當他看到瑪麗安娜驚異的眼光，隨即解釋，「我在調查一件事，哈來頓先生恰巧與我追查的對象有些相似，我不得不這麼做，妳可以幫我的忙嗎？」

瑪麗安娜看著說書人，便感覺自己落入一種不安的情緒中，說書人近似猙獰的面孔，教她徹底改變對他的刻板印象，也許在她面前的這個男人，背負著她不知道的一些事情。

瑪麗安娜委婉地拒絕說：「我不能幫你的忙。」

「妳必須要。」

說書人將手緊扣住瑪麗安娜的手腕，不等她掙脫，隨即用力的再次扣住，「如果妳不答應，我就不放開妳。」

「說書人，這是你逼迫無知女子的手段嗎？」她不悅道。

他望著瑪麗安娜，神情相當凝重，連溫柔的笑臉也變得冷漠。

看著說書人抿直嘴唇的樣子，不知為何，瑪麗安娜竟能明白他內心裝滿了不為人知道的沉重感情，也許她無意觸及他的內心了。

她微微動了一下身體，將自己的手從他手中掙開，歉然地笑道：「我不懂你說的那些，可是你要不要聽我的故事？或許你能明白我的感受。」

他沒有說話，只是點頭。

「那是我時常做的一個夢，但它總是在清晨中悄悄消逝。在那個夢中的我長得跟現實不一樣，是個醜小孩，聲音也不好聽，但雖然如此，我卻強烈地嚮往當一名女歌唱家……」

「那麼，夢中的妳是怎麼當上伶人的呢？」他問。

「我是孤兒，自小被歌劇院經理領養，在他身邊辛勤的工作，希望有朝一日能夠登上舞台。雖然我記不太清楚，但是夢中的我是個平凡的小女孩，她沒有出色的外表，沒有澄澈的嗓音，所以沒有辦法如願成為女演員。」

「正當小女孩希望拋棄所有過去，也要得到她想要的一切，這時候有道聲音告訴她，只要她願意，他可以實現她的願望。」

「然後呢？小女孩答應那道聲音的要求了嗎？」說書人覺得這樣的情境似曾相識，好像在什麼地方遇過。

瑪麗安娜仰著臉，嘆息地說：「我永遠也忘不了夢中的那道聲音，那應該是個男人的聲音，可他唱起歌來非常動人，簡直像天上傳來的天籟。每當夢做到這裡，我便

會不自覺甦醒，無法得知之後的夢境。」

說書人表情平淡的看著瑪麗安娜，緩緩地說道：「這是妳的過去，或是一場夢？」

「我不知道，但是我從來沒對任何人講過這些，今天跟你說了這些，也算讓我心裡鬆了一口氣。」瑪麗安娜壓抑內心的情緒，接著說：「它像我真實的記憶，卻虛幻得像不曾存在一樣……我實在太膚淺了，竟然做這種分不清現實或夢境的夢。」

說書人迎向女伶晶亮的墨綠色眸子，面容誠懇道：「我相信妳的夢。」

「你為什麼會相信？」

瑪麗安娜見說書人這麼一說，她雖然有點感動，但因為自己倔強的脾氣，說起話仍一副質疑的口吻。

「就像妳剛才對我說的一樣。我不認為妳會拿自己的事開玩笑，加上妳的眼神溫柔，所以我相信妳。」

瑪麗安娜為說書人這番話而深受震撼，她愣在原地，目光無法從他身上移開，好

像被什麼炙熱的東西吸引。

或者，當她與他的眼神相交之際，心裡早已被這個男人的身影佔據。但是她又不願坦承自己對說書人的好感，只能試圖把話題帶開。

「你也相信歌劇院有魔鬼存在嗎？如果我說那些都是人為意外，你相信嗎？」瑪麗安娜經過一段習慣性的沉靜之後，突然問起說書人。

說書人見瑪麗安娜似是喃喃自語的說話，而她說起話往往以哀傷的嘆息告終。當她說出深藏在自己內心的煩惱，他沒有接話，而是沉默的傾聽。

「有很多事對我來說，默不作聲比解釋意外的真相還難。城裡對歌劇院有百種誤解，我們做演員的也有自己的難處，只好冷冷地對待外界，一點也不敢疏忽大意。」

女伶拿起隨身的羽毛摺扇搧了幾下涼爽的風，明亮的眼睛卻因凝視遠方的景色，變得有些黯沉。

說書人觀察她的模樣，聚精會神地聆聽，沒有一句安慰。他知道人在越沉默的時候，心事也越重。

「這是妳的煩惱嗎？」

說書人看著女伶，當他們視線交錯，他感覺女伶似乎笑得十分寂寞。

「我好難過，這是我從來沒有過的感覺。其實我不想一輩子庸碌地活著，只要我身為當紅伶人的一天，就必須為了歌劇院而活……這是我的叔叔告訴我的。」她神色凝重地說：「這時代的女性身分非常低微，即使是當紅的女歌唱家，還是得淪落為男人的玩物……這也許就是我的命運。」

說書人靜靜聽著瑪麗安娜說話，不由得與她沉默的四目交接。

他沒有說話，卻看見她對他瞇眼微笑。

「有時候，我就是想逃離那一切，也很明白自己的情況。但是有你聽我吐吐苦水，我心裡已經好過多了。」

「真的嗎？像妳這麼溫柔的女子有如此哀愁的眼神，實在讓人難過！如果是我，一定不會讓妳悲傷……」

說書人臉上浮起淡淡憂鬱的神色，卻讓瑪麗安娜笑出聲。

「雨停了，我還有自己的行程安排，恕我不再陪你聊天了。」

「珍重，瑪麗安娜小姐。」說書人道。

瑪麗安娜轉身走了幾步，又回頭看向說書人，此時她的頭髮飄逸地飛起，一如與他初遇時的美麗。

入夜之後的科米希，沒有四處走動的人煙，因為這是有始以來最陰黑的一個晚上。整片天空被一層打著閃電的黑雲遮蔽著，沒有明亮的月光，也沒有圍繞城市的濃霧。

當歌劇院熄滅一盞盞明亮的燈光，陰暗深邃的走廊飄浮著寒氣，就像渾身被摸不到的冰圍繞，讓人除了感覺到寒冷，還有詭異的氣氛。

穿過歌劇院的走廊，便來到位於角落的經理辦公室。房裡安安靜靜的，一點說話的聲音都沒有。

房間寬敞的角落放置了一個壁爐，爐裡的火焰混著泥煤和柴的味道，恐怕那是整座歌劇院最讓人感到舒服的溫度。火焰持續燃燒著，並驅逐吞噬房間的黑暗，但對待在房裡的人而言，黑暗或許是令人討喜的一種氣氛。

火爐的光芒照著整間經理辦公室，屋裡卻遍佈黑暗，彷彿映在男人眼中的火光，冰冷到能熄滅這世上任何一種溫暖。

男人獨坐在一張鋪著紅桌巾的方桌前，神情悠閒地下著沒有敵手的西洋棋，當他踩踏冰冷的石磚地板，腳下的皮鞋便會發出輕脆結實的聲響。

佈滿黑雲的天空被一道帶著閃電的雷聲打響，透過掩上簾幕的窗戶，瞬間照亮了房間。

男人臉上蒙著一層近似喜悅的陰冷笑意，他放下手中的棋子，看著窗外漆黑的夜景，似是沉思著什麼。

那只棋子被男人放在棋盤某一格，進而發出「喀」的一聲，他勾著嘴角，輕聲笑

了起來。

「馬車回來了，但是可愛的小鴿子沒有回來……是嗎？」男人看向陰暗的室內角落，朝拿著燭台的黑西裝男人問道。

「車夫說瑪麗安娜小姐因有事要去別處，所以請他先回歌劇院。不過他看見小姐和一個灰髮男子相偕離開，那男子好像之前還曾與您發生過衝突。」

男人瞇著眼睛，銳利地注視桌上的棋盤，接著拿起一只棋子，道：「原來如此，想必被什麼事情耽擱了吧。是突發狀況的意外，還是跟男人糾纏不清呢？不管哪種情況，都讓人感覺不開心。」

黑西裝男人問：「哈來頓先生，您認為這事該如何處理？」

「對我來說，這副棋盤的每個棋子代表每個人的命運，誰也逃不出我的手掌心，必須聽我命令行事。雖然任意地操縱棋子，確實讓人感覺痛快，偶爾出現失控的狀況倒也有趣。」

此刻的天色被低垂的夜幕籠罩，黑暗中迅速出現一道刺眼的雷光，照亮梅瑟陰險而冷血的模樣，嚇著了站在一旁的黑西裝男人。

「你覺不覺得今晚天色很美？沒有雨，持續雷電交加的夜晚實在迷人。」梅瑟放下拿捏於手裡的棋子，扶著桌沿站起身，任閃電激出的白光照在自己背後，使他看起來有些陰森。

「告訴那些貴族，舉行宴會的時間到了。」

梅瑟語氣平淡地說：「去替我傳個話，不管是誰都行，只要開出一個好的價錢，瑪麗安娜珍貴的初夜就是他的。」

黑西裝男人聽出梅瑟話裡的意思，於是踩著安靜的腳步，帶上門離開。

「一隻咬著魚的貓，不會捨得放掉主人丟給牠，讓牠飽食一頓的餌。要是貓肯是服從主人，不但對我有利，還能省卻不少工夫；若是貓不肯屈服，又想胡亂出手，只會增加更多犧牲者……說書人，你會做出何種選擇，就讓我拭目以待吧。」

梅瑟凝望夜景中閃爍的雷光，紅眸裡帶著一絲愉悅的笑意。

這時，梅瑟從辦公室門口那條小縫隙傳來的聲響，察覺到有人帶著輕快的腳步聲

經過門邊，他二話不說的開門走了出去。

瑪麗安娜見梅瑟鮮紅的眸子在漆黑的長廊閃閃發亮，她露出一副明顯受驚的模樣，往後退了一大步。當她發現自己無禮的舉動，頭便垂得低低的，不敢說話。

「叔叔……不，哈來頓經理。」

「妳在發什麼呆，進辦公室吧。」

瑪麗安娜見梅瑟轉身進房，她猜想梅瑟找她的目的，覺得心跳變快。

當梅瑟催促的看著她，瑪麗安娜便打開門走進去，只把門掩上，留下一條很寬的隙縫。

梅瑟發現瑪麗安娜只有掩上門，他冷不防地走到瑪麗安娜背後，將門用力關上，

「妳超過門禁時間了，是跟哪位王公貴族去約會了嗎？」

「真是的，哈來頓經理，您在拿我尋開心嗎？」她輕輕撥開梅瑟的手，然後不著痕跡拉開與他的距離，臉上帶著微笑，「找我有什麼事，您直接說就好了。」

梅瑟逼近瑪麗安娜，撫著她的臉，以纖長的手指提起她削尖的下巴，沉著聲音說

道：「妳該不會忘了自己的身分吧？一個當紅的歌劇院女伶，居然當著眾人面前和男人說笑，這會讓那些視妳為珍寶的貴族失望呢。」

瑪麗安娜發現梅瑟在她身邊安排眼線，監控她的一舉一動，這雖然讓她感到驚疑不已。但在她內心的某個角落卻也明白，自從院長死後，這間歌劇院隨即變成梅瑟的東西，有很多事情已經和以前截然不同了。

「妳在想什麼？我和妳說的話，妳聽見了沒有？」梅瑟試探性地問。

瑪麗安娜壓抑內心的不安，趕緊說道：「對不起，哈來頓經理，我只是跟好久不見的朋友多聊幾句，才把回歌劇院的時間耽擱了，請你原諒。」

「別跟我裝傻。」梅瑟笑容一停，臉上的表情變得冷淡，「後天有一場宴會，妳要盛裝打扮去赴宴，不能顯露一絲的不情願。對歌劇院來說，這是募集幕後金主的好機會，妳要展現美麗的一面，好讓親王閣下開心。」

「要是再讓我知道妳不把我的話當一回事，妳就會失去名聲與人氣，不能再踏上舞台唱歌……最好別想違抗我，知道了嗎？」

瑪麗安娜全身僵硬的看著他，臉上浮現蒼白的慘笑。

「別害怕，我的好女孩。」梅瑟將瑪麗安娜拉到自己身邊，壓低聲音在她耳邊說道：「乖乖照我的話去做，妳從今以後將會獲得無數的財富與幸福，再也不需要受苦。」

她聽見梅瑟這番話，只覺得渾身發抖，眼皮無力的垂下，意識亦從眼前遠去。

梅瑟張開雙手，適時抱住瑪麗安娜虛弱無力的身軀。

「親愛的，讓我告訴妳一個發生在十年前的故事……有一個受魔鬼誘惑的小女孩，甘願用靈魂換取甜美的歌聲與絕美的容貌。當她簽下與魔鬼相依的契約，不僅靈魂與歌聲屬於他，連她的人也屬於他。」

「但是，她永遠都不會知道『他』是誰……」

「瑪麗安娜，我會給妳甜美的歌聲，絕美的容貌。不過，妳若是違背契約內容，愛上別的男人。那時，我將永遠收回妳的靈魂。」

瑪麗安娜在半夢半醒間掙扎不已，她似乎聽到了只能在夢中聽見的那道聲音。

她分不清這是現實，抑或幻覺。她抬起沉重的眼皮，看見一面掛在牆上的全身鏡，從鏡中發覺一個朦朧的景象。

倒映在鏡子裡的，只有一個孤獨的女演員。

06 SECHS
NO.454841 -oper-002-

第六章
魔鬼的顫音

Vierte Aufzug : Sonate

隔日早晨，說書人再度回到喜歌劇院。

他身上的裝扮一成不變，依然戴著帽子，拎著皮箱，踩著腳下的皮鞋，仰望著矗立於面前的古典建築，似是打算邁開步伐走進歌劇院，然而他的內心卻遲疑著該不該行動。

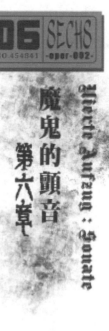

他知道，不管站在歌劇院外面查探消息，或從瑪麗安娜身上著手，這些旁敲側擊的舉動，都對瞭解梅瑟·哈來頓這個男人沒有幫助。

說書人振奮精神的吸口氣，他站在台階，走向圍繞在歌劇院大門外的人群，朝他們打了聲招呼。

他表明來意地說道：「抱歉，能否打擾一下？我聽說現在歌劇院被勒令停業，為何還有這麼多人圍在這裡？」

幾名少女說道：「正是如此，所以才有不少歌劇院的常客趕來這裡瞭解情況……這位先生，你有什麼事呢？」

「我有事想請教幾位的意見，妳們知道這間歌劇院的經理嗎？我是一個劇作家，有事想探訪他，因此想詢問歌劇院客人對他的評價與觀感。」

也許是說書人刻意對她們示好，少女們的回應相對變得熱情。

「你說哈來頓先生嗎？這你就問對人了，他是整個城市最優雅的一個青年，而且身為全城最炙手可熱的黃金單身漢，他對所有娛樂消遣的活動，都和貴族一樣拿手。」一個少女說。

「沒錯，就算你隨便在路上抓一個人問他的事，全城的人都能仔細地告訴你哈來頓先生的動向唷！」少女的同伴興奮地插嘴說道。

第三位少女則一副小心翼翼的樣子，她說話的音量十分小聲，生怕被別人聽去了，「大家都知道他幽默風趣、知識淵博，可那位歌劇院經理從來不曾與任何女人傳過緋聞，這並非他潔身自愛之故，而是他的孤傲冷漠，讓他從不為誰動心，也不談感情，害好多少女都為之心碎！」

說書人見少女嘆息的模樣，感謝地看了她們一眼，連忙擺脫那些庸碌俗事的走進門廳。

雖然他聽那些人談了這麼多梅瑟的事，可他不是想知道這些。看來，他還是只能直接去找那個男人，單槍直入的談「那件事」。

說書人走向通往其他房間的走廊，立刻被看守門廳的接待員攔下。

「有什麼可以為您效勞的事嗎？」

「我有事找哈來頓先生。」說書人道。

「抱歉，他非常忙碌，若您沒有事先約見，恕我不能為您通報。」

說書人口氣冰冷，「我不管那些，讓開，我要見他。」

其實，說書人的行為態度向來非常有禮貌，但牽涉到梅瑟與魔鬼之事，他顧不得溫文爾雅的形象，忿怒地邁開步伐與接待員擦身而過。

「先生，您不能……」

這時說書人已是一臉的不耐煩。當他被身後穿著白衣裝束的接待員抓住，便以充滿暗示意味的目光看著對方，沉聲道：「我獲得允許，可以自由出入歌劇院，聽懂了嗎？」

那位接待員受到暗示影響，飛快地點頭回應，隨後就回到自己的工作崗位。沒有了阻礙他通行的小石頭，說書人便像一陣旋風似的走進長廊，消失了蹤影。

從歌劇院那條最為漆黑的長廊上，傳來走路的踩踏聲響。

這是一條貫穿歌劇院各個房間的走廊，那些在歌劇院工作的員工向來討厭這條走廊，它漆黑，路又很長，而且走在路上，還特別容易讓人覺得孤獨寂寞。

但是對梅瑟來說卻不是這樣，他喜歡黑暗，因為它是最容易讓人感到安心的氣氛，特別是當他獨自走在這條迴廊，靜靜思考事情的時候。

偌大的長廊，只有梅瑟自己的腳步聲，除此之外，一切都安安靜靜的。

此刻，一道年輕男子的聲音冷酷低沉地在梅瑟耳邊響起，「我在找你。」

梅瑟站在光線微弱的漆黑走廊，即使他全身被看不見的黑暗覆蓋，無法確認來人的面貌，卻對黑暗中低沉的聲嗓感到熟悉，進而察覺離他不遠的地方，有個年輕男子的身影。

當時光線非常幽暗，梅瑟卻能清楚掌握對方的位置，當他微笑的走了過去，才發現男子面無表情的瞪著自己。

「喔，是你……怪了，你怎麼會一個人在這種地方？難道守在門廳的人沒發現你？或者，是他們放你進來的？」

「未經許可就擅闖進來是我不對，但你是不是忘了一件事？」說書人問。

梅瑟一邊笑，一邊咀嚼著說書人的表情，「你是因為想見我，才會出現在這裡嗎？來得正好，我也想找你，可惜歌劇院大小事一堆，讓我忙得喘不過氣，正愁沒有人傾聽我心事的同時，你卻來了！」

說書人聽見梅瑟這麼說話，便上前一步，以眼神搜索他的身影。

「你沒有回答我的問題。」

「真抱歉。我這個人就是這樣，性格陰晴不定，又討厭乖乖聽別人說話，只好請你見諒囉。」

說書人感覺這位歌劇院經理雖然披著友善的外表，但是他的骨子裡卻裝了一個陰險狡猾的靈魂。說書人不曉得梅瑟是怎樣個性的人，但以他看人的模樣，皮笑肉不笑的說話方式來判斷，他與之前的梅瑟絕對毫無關係可言。

「臉上永遠都是笑容的人最可怕……你是誰？」說書人目光堅定地看著他。

「我不是已經回答過關於這個問題的答案了嗎？難道我還要重複一次自我介紹？」梅瑟臉上堆著迷人的笑，「有些事，你不要知道得太清楚比較好！」

說書人覺得他被梅瑟的笑容刺得全身發冷。但是，他仍保持平靜的口吻道：「如果我一定要知道呢？」

「那，當你想要脫身的時候，你可能會無法脫身……不管怎樣，你人已經陷進來了，不如乖乖接受我給你的『忠告』，當一隻快樂的小貓頭鷹。」

梅瑟無聲地走近說書人，停在他的腳邊，還拍了拍他的肩膀，一臉體貼溫柔的模樣。

「在你手中的皮箱，有一隻小烏對吧？你那神祕的過往讓我很感興趣，有機會還真想聽你說說故事呢。」

說書人瞪著他，極力忍耐轉身走人的念頭。

梅瑟抬起目光掠了說書人一眼，「你到底有什麼事？」

「如果你確定自己就是梅瑟，我就要請你支付救命的代價。」說書人說話的口吻充滿戲謔的嘲笑。

梅瑟有些錯愕的看著他，「你在向我討人情嗎？」

「我要你買下我寫的劇本，這是你該付出的代價。」

梅瑟聳肩，「也好，我本來就希望你為歌劇院寫劇本，這個要求不過分。」

說書人心裡明白，如果不用這個藉口當理由，根本接近不了梅瑟身邊，也無法試探他的底細——劇本是假，測試他對劇本故事的反應才是真。

基於此，他從皮箱之中拿出一份劇本，交到梅瑟手上。

梅瑟接過劇本，「有你的作品當作歌劇院的新戲，我實在求之不得。說書人，你不可能不要錢吧？說吧，你想要多少。」

說書人說：「酬金的部分請你先欠著，總有一天我會找你要的。」

梅瑟低下頭，嘴角有掩藏不住的笑意，「我本來以為你是個清高的男人，要是你不愛錢，我還想送你花以表感激。」

說書人聞言，內心雖然感到震驚不已，可他對梅瑟那臉微笑仍舊感到厭惡，便冷淡回答，「我討厭花。」

梅瑟歎息的搖頭，「你這麼說真是太讓我難過了，送花代表我對你發自內心的感謝之意啊！我看這樣好了，新戲首演的時候，我會在舞台兩邊擺滿多到數不完的玫瑰……特別是紅色與藍色的，好嗎？」

面對梅瑟惡意的試探，說書人的目光冷洌，但他說話的語氣卻很溫柔，「謝謝哈來頓先生的美意，我只希望在貴歌劇院的舞台見到瑪麗安娜小姐的演出，不需要你費心送花。」

梅瑟故意張大眼睛，一臉吃驚貌，「我竟看不出你喜歡那樣的女人，難道你被她誘惑了？」

說書人臉上浮現一絲不悅的神色，勉強壓抑情緒地說：「恐怕這件事輪不到您過問。」

「等等！」

梅瑟趁說書人轉身之際，伸手拉住他，「三天後，我應某位貴族之邀，要去他豪華的城堡參加宴會，我是否能邀請您一同參加呢？」

說書人用力掙開梅瑟的牽制，厭惡地看著他，無奈拒絕的話就是開不了口。

「你為什麼要這樣看著我？難道你不想去瞧瞧……有瑪麗安娜演出的庭園音樂會？」

梅瑟微笑的看向說書人，那種令人不寒而慄的感覺便充斥整條長廊。

說書人盯著梅瑟的臉，注意他的反應，「為什麼要我去？」

梅瑟低聲笑了幾下，「算是答謝你把劇本賣給我的報酬。再來，看你拉長著臉在歌劇院外面賣無趣的故事，著實讓人覺得不舒服。以你一身的才氣與英俊的容貌，應該在更適合你的地方發揮才能，你覺得呢？」

「你要我幫你討好一群貴族，裝成小丑在他們面前說笑話？」

「這難道不是你引以為傲的工作？」梅瑟諷刺道。

說書人沉默的看著梅瑟，眼神帶著強烈的敵意。

他不曉得梅瑟此番邀請自己的用意，然而一股直竄腦門的寒冷麻木他的思考能力，促使他必須做下決定。

「你肯答應我嗎？」

「好，我一定準時到場，聽候您的差遣。」

就這樣，擺明水火不容的兩人做下三天之後的約定，一同參加盛大的庭園音樂會。

晴朗的天氣圍繞在一座遠離小鎮的翠綠山丘，太陽降下的光亮遍及山丘，以及一幢純白色的城堡。

它座落於山丘鄰近較為平坦的地方，城堡的外觀看起來相當老舊，它以廢棄的舊教堂改建，然而年代久遠，已經無法確切考據這幢建築物的年代。

在它高聳的尖塔屋頂，仍然殘留十字架的裝飾，給人一種神祕與高深莫測的色彩。

城堡兩側鑲著四面石窗，窗戶都拉上了黑色簾幕，堡裡飄浮著混合塵霧的昏沉光

線，微微照亮了大廳。

參加城堡宴會的賓客們透過窗戶，看到四周美麗遼闊的風景，紛紛讚嘆這裡的視野寬闊，就連他們走在地上，也能看到潔白地板所雕的漂亮花紋。

此時，一道明亮剔透的琴聲伴著跳動的音符，佔據城堡過於寧靜的氣氛。

這種感覺就像就像走在路上，偶然地聽見街巷之中傳來的一陣悅耳琴音，令人感到舒爽神怡。

一個坐在黑色鋼琴前的鬈髮少女，正在彈奏一首庭園音樂會專屬的開場樂。

她穿著美麗的衣服，渾身散發著甜美與活力的氣息，認真的模樣也很討人喜歡，當她皺著秀麗的細眉，彷彿被什麼煩惱牽絆。

少女彈奏的樂曲不似往常那般吸引人側耳傾聽，演奏樂曲的速度也比往常遲緩，當旋律飛躍至樂曲的高潮處，立即被另一道突兀的沉重琴聲取代了未盡的樂曲。

少女看著自己陷進琴鍵的手指發愣，一種不愉快的神色如陰雲般遮蔽她眼眸的光彩。

「多麼動人的音樂啊，瑪麗安娜，感謝妳為戶外音樂會演奏的曲子。」

少女聽見熱烈的鼓掌聲自大廳的角落響起，她走向一名男性貴族，滿臉微笑地說：「我很高興尊貴的以利沙親王閣下喜歡。」

那個男人看上去有點老了，他穿著雪白的襯衫與馬甲背心，領子上繫著玫瑰色的領巾，頭上戴著高高的無邊硬帽，看起來很有貴族的氣質。

「能夠邀請喜歌劇院一流的名伶到現場演出，本親王覺得十分榮幸！」以利沙看著眼中嫵媚美麗的少女，臉上浮現滿意的微笑，「走吧，我們去庭園那裡欣賞美麗的花朵，聆聽悅耳的音樂……我要與妳共渡美好的一天。」

瑪麗安娜見以利沙把手伸向自己，露出期待她把手伸過去的猥瑣微笑，她下意識感到抗拒，甚至覺得噁心，想要把他的手揮開。

這時，瑪麗安娜想起梅瑟交代她的話，即使有百般的不情願，為了歌劇院著想，她只有順從地把手交出去，讓以利沙攙扶她離開。

約在天色漸暗的時分，梅瑟在眾多貴族的陪伴下，帶著說書人徐徐走向以利沙的

城堡。

他們走過寬敞的城堡大院，來到做為主住屋的宮殿。在陰暗的城堡中，圍繞四周的石牆滲出一股無法抵擋的寒意，這令說書人覺得有些冷。

梅瑟從城堡侍衛的手上接過燭台，領著說書人走進華彩炫爛的大廳。屋裡裝飾得氣派豪華，大廳中間還放置一個巨大的鳥獸雕像。

「先生，不曉得你可否說點這幢城堡的歷史給我聽聽？」

梅瑟停下腳步，朝說書人親切地說道：「當然沒有問題。城堡主人是一位侯爵之後，憑著皇帝陛下對他的寵愛而獲得親王頭銜，比起住在城裡的伯爵與男爵，這位門第高貴的以利沙親王閣下，顯然有勢力多了。」

見梅瑟如此推捧以利沙，說書人戒備地問道：「這是你參加宴會的目的嗎？」

「人往高處爬，水往低處流。說書人，你該學會討好與奉承，把你傲慢的一面隱藏起來吧。」梅瑟雖不贊同說書人，但還是客氣地回答他：「歌劇院需要錢，貴族需要娛樂，我只是提供他們一個有趣的消遣，難道你有更好的做法？」

「我很佩服你的商人本色。」說書人不悅道。

梅瑟沒說話，只是愉悅的微笑。當他邁開步伐，帶領說書人深入城堡，恰好與到長廊散步的以利沙與瑪麗安娜碰面。

如他們所見，一個穿著粉色連身裙，拿著摺扇的美麗少女依偎在另一個老男人的身邊。她有嬌小玲瓏的身材，柔細的白皮膚，動人晶亮的綠色眸子，長至腰際的紅色鬈髮垂過她粉白的玉頸，這位少女慵懶的神態看起來格外動人。

「晚安，門第高貴的以利沙親王閣下。」梅瑟鞠躬道，他轉身暗示說書人行禮，卻見說書人沉默地站在原地，絲毫沒有動靜。

說書人的眼光落在瑪麗安娜身上，見瑪麗安娜穿著貼身、暴露的細腰連身裙，露出一大片雪白色的豐滿胸口，呈現一副肉慾的外表。

他無法解釋心中的感覺，但他承認內心有種被打擊的刺痛。

她是女伶，迎合與討好男人是她的工作。如梅瑟所言，為了讓歌劇院獲得充分的資金，即使不願意，她依然要滿面春風地招呼貴族，成為宴會上最嬌媚的焦點。

偶遇的四個人視察彼此的臉色，這時氣氛有點沉重。

說書人壓抑不快的緊握雙手，他暗自深呼吸，故作一臉愉悅的模樣，可心裡卻始終想著瑪麗安娜赴宴的原因。

瑪麗安娜見說書人不諒解的眼神，便將視線硬生生的移開。她無法忍受說書人刻意的微笑，這讓她感覺相當不自在。

「這位是……」以利沙渾然不覺身邊這些異狀，只是好奇問道。

見氣氛變得尷尬，梅瑟趕緊上前打圓場的說：「這位是在下的朋友，聽聞城堡舉辦音樂會，便十分渴望來此盛宴，於是我請他一同來參加，還望親王閣下不要見怪。」

「只要是哈來頓經理請來的人，想必與你一樣極負盛名，歡迎！庭園那裡已經聚集人潮，演奏會快要開始了。」以利沙說。

「那是當然，我們兩人都十分期待。」梅瑟看向身旁的男子，眨了幾下眼睛，「你說是嗎，說書人？」

說書人見梅瑟捏造一連串的謊言，便按捺不住的瞪著他。

梅瑟接收到說書人的眼神，於是挑釁地朝他笑了笑，同時也明白這種舉動會讓人更加憤怒。

不過，這對梅瑟而言完全不要緊，因為他就是想惹火說書人。

說書人見到面前男人的笑容，臉上果然泛起一絲慍色。他被梅瑟一逗，看起來相當惱怒。

這時一個城堡侍從快步與梅瑟擦身而過，走到以利沙面前向他報告演奏樂團臨時有團員無法到場的事，只見以利沙面露怒容，大聲斥責侍從。

「怎麼會這樣呢？若是今天的音樂會沒搞頭，你們就要想辦法負這個責任！」

「萬分抱歉，親王閣下！目前總共缺少演奏鋼琴與小提琴的人，不知能否由其他團員遞補這個位置……」

「抱歉，打擾兩位的談話，如果親王閣下不介意，是否能讓在下幫忙？」梅瑟上前，簡潔地詢問道。

以利沙看向梅瑟，恍然大悟道：「對了，你好像會彈鋼琴吧？記得上次你帶瑪麗安娜到城裡行館的時候，還露了一手樂技！可以的話，務必請你暫代樂手的工作，不過小提琴的部分……」

梅瑟禮貌性的對以利沙鞠了一躬，「您不必擔心，在下的朋友正好是個小提琴家。他為人古道熱腸，必會義不容辭的幫忙演奏。」

說書人見梅瑟的眼光落在自己身上，還笑得連眼睛都瞇成一條線，好像他有多瞭解自己似的。說書人看到他的臉，差點控制不住對他大聲咆哮。

「什麼……我？對於此事，請恕我嚴正拒絕。」說書人不悅地低聲說：「哈來頓先生，請不要用這麼簡單而武斷的方式，替我決定事情好嗎？」

梅瑟聲調平穩的說：「我還以為你喜歡古典音樂，音樂與戲劇向來不是你的最愛嗎？那麼，你幫忙一下又有何妨？」

站在一旁的以利沙看了，連忙道：「怎麼了，難道有問題嗎？」

「當然沒有問題。」梅瑟見說書人還想說話，趕緊大力拍他的背，笑容燦爛的說：「請別在意，這只是我們兩人平常相處的模式。」

說書人經梅瑟這麼一搞，頓時漲紅臉頰，一時說不出話。他又氣又怒，還被梅瑟的氣勢完全壓倒，卻無法在眾人面前推辭演奏一事，只好勉為其難的答應下來。

說書人恨恨地看著梅瑟，隨即不發一語的離開原地，消失在長廊深處。

瑪麗安娜心中在意說書人的眼神，看他走得急促，只好對以利沙低聲耳語幾句，連忙往說書人消失的方向離開。

梅瑟站在原地，他凝視著長廊，眼中有著玩味的笑意。

Sieben

00004-OPEA-002-

NO.246846

第七章 魔鬼的顫音

Vierte Aufzug : Sonate

瑪麗安娜奔出長廊，再急忙忙地繞過迴廊，經過一座開滿白玫瑰的花園，見到說書人站在那裡，她不自覺停下腳步，被玫瑰的香氣誘惑得難以自拔。

她的目光繞過無數的白玫瑰，最後落在灰髮青年的背上。

「你在這裡。」瑪麗安娜緊張地握緊兩手，儘管她努力使情緒鎮定下來，卻還是有些不安，「看花嗎？」

相較於瑪麗安娜的不安，說書人的反應輕鬆而自然，好像並不在意先前的事情。

他沒有轉身，只是抬頭看著四周景色，低聲說：「看什麼都好，比起待在陰森的城堡，我還是喜歡這裡。」

「妳知道嗎？玫瑰花的樣子看起來十分纖細，莖幹細瘦到只要輕輕一折就會斷掉，美麗的花朵被種在如此淒涼的角落，還真苦了它。」

女伶自知無法理解說書人的想法，內心卻又執意想瞭解這個人，便走到他身邊歉然道：「我很抱歉讓你這麼不開心，如果你討厭參加演奏，我可以幫你向親王閣下說明……」

「不用了。」說書人的神色突然變得嚴肅。

瑪麗安娜抬起了臉，以不安的神情悄悄注視著說書人。

老實說，她沒有認真去想說書人到底是怎樣的存在，直到兩人獨處的當下，她才發現自己對這個男人的強烈好感。

她並不瞭解男人的心理，也從不引以為憾，然而現在，她卻感到自責與懊惱。如果他們之間的距離可以再縮短一點，他就不會如此令人難以親近。

瑪麗安娜不喜歡這沉默的氣氛，她心裡知道說書人有深沉神祕的性格，還若有似無的拉開與她之間的距離，這種感情令她非常苦惱，卻又無可奈何。

說書人以眼角捕捉到女伶的表情，他見她皺著眉頭，把雙手擱在胸口，一臉憂慮的看著四周沉默，於是打破沉默地說：「妳不應該來這裡，還是去跟那位尊貴的親王手挽手欣賞音樂吧。」

瑪麗安娜呼吸急促的看著說書人，她急得喘不過氣，忿怒的話當場衝口而出。

「我來這裡只是要告訴你，如果你心裡沒有臆斷我打扮成這副模樣，依偎在一個老男人身邊的原因的話，就請你別用震驚與猜疑的眼神看我！」

說書人揚起雙眼注視瑪麗安娜，兩人的視線就這樣相觸。

「是，回想妳過去說的話，讓我的確很驚訝。但是妳不用在意我的感受，因為人不可能永遠靠志氣過活，就像妳這個倔強的漂亮姑娘，也有需要賣弄美貌的一天。」

瑪麗安娜內心苦痛地看著他，「你以為我是自己情願來的嗎？若不是歌劇院要找捐獻的金主，我根本不可能來這種地方！經過上次的談話，我以為你能理解我的感受，沒想到你也是一個做事只看表面的人。」

說書人一怔，乾脆把話挑明的說：「妳為什麼要對我這個相識數日的男人解釋？老實說，妳做任何決定都與我無關，要是妳想乞求原諒，不如去教會對神祈禱。」

「我從來不對他人乞求什麼。」她哀傷的看著他，「其實我第一次跟你見面，也是因為我拒絕去赴親王閣下的宴會之故……」

說書人知道女伶向來高傲，不會對人多做解釋，可是她卻對他如此低聲下氣，讓他不禁陷進了沉默。

也許瑪麗安娜這麼做是有自己的苦衷，但是他卻無法不在意她跟其他男人親密的樣子，要不是他拚命壓抑情緒，早就對那貴族揮拳相向了。

他嘆息道：「我必須告訴妳，這場音樂會的目的恐怕不在於藝術交流。」

瑪麗安娜忍不住輕笑，「你好認真，居然為一個女伶這麼擔心。不過像今天這種場面，我可見多了。我是女伶，在人前賣笑是我的工作，只要唱唱歌，讓那位親王閣下開心就以足夠。」

說書人難以置信的搖頭，「妳太天真了。我懂男人，他們想要的是……」

瑪麗安娜撥開胸前的長髮，一臉堅毅的微笑，「你說的對，但是我不想知道參加音樂會的結果……何況，那不是我能決定的命運，雖然我是女流之輩，但是絕對不會逃避。」

他用一種摻合了懊惱與憤怒的銳利眼神看她，「所以妳就屈服了嗎？」

「如果真是那樣的話，你打算如何呢？要是在你心裡，我就是那種女人，你又何必叫我別去赴宴呢？」

說書人見瑪麗安娜注視他的神情哀傷，不由得怔住了。

他知道她外表堅強，內心脆弱。當他看見瑪麗安娜那張小臉充滿愁悶，臉色變得慘白，雙肩更微微抖動，像極一朵裸裎在風裡的花朵，禁不起任何殘忍的打擊，他就很想抱住瑪麗安娜，給她溫暖與安慰。

但是他有什麼理由對她這麼做呢？說書人幾經思量，最後忍住了這個衝動。

瑪麗安娜臉上浮現溫柔的微笑，「我很清楚我有怎樣的命運，不管我怎麼逃，終究逃不了，如果我不抗拒命運而接受它，對任何人都好……但是有一個人，我希望他

能明白我，否則我就太可憐了。」

當說書人意識到瑪麗安娜話中的意思，他著急地想說話，可卻被她快一步地搶白道：「我有個夢想，從我成為女伶之後，一直很嚮往與心愛的人共組家庭，雖然它看似平凡，但是被歌劇院綑綁住自由的我永不可能實現。」

說書人沒有回答，只是沉默地看著她。

「雖然我這樣說相當唐突，但是總有一天，我會嫁給某個達官貴人。在那之前，我希望能自私的談一場戀愛，就算時間非常短暫，我仍想自己選擇喜歡的男人。」

說書人困惑地看著她，「小姐，妳知道妳在說什麼嗎？」

瑪麗安娜不等說書人意會過來，隨即以雙手攫住他。她的全身不停顫抖，濕潤的雙眼直朝他看，為了預防自己呼吸困難，瑪麗安娜便吸了口氣。當她看向他的臉，依然感覺心跳加快，彷彿失去控制。

「不瞞你說，我自小被父母送到孤兒院，是在對人的不信任之中成長，縱使以後會結婚，也未必是因為相愛的緣故。當我遇見你的時候，你以迷人的笑容，溫柔體貼的心出現在我面前，我很抗拒，甚至有點怕你。」

「如果可以，我希望在我對你有任何感覺之前盡量避開你，直到今天我才發現，這些是多餘的擔心。雖然我還未完全瞭解你，但是你的想法如此貼近我的心，你的感受與我的感受相似，這讓我非常意外，即使我們相處時間短暫，我卻無法控制自己的心……我想，我喜歡你。」

聽見瑪麗安娜真誠的一番表白，說書人露出壓抑的神情，對她拒絕道：「我不能。」

「為什麼？」瑪麗安娜睜大眼睛，似是無法相信他說的話。

「我懷疑妳只是害怕一個人的孤獨寂寞，才會向我表白，妳到底愛我什麼？愛不是如此膚淺的東西，妳明白嗎？」

瑪麗安娜困惑地望向說書人，當她試圖伸手搆住說書人的西裝袖子，卻被他像是拒絕的輕輕推開。

她站在原地，不敢妄自上前，卻也沒辦法移開停留在他身上的視線。她就只能看

著他，擔心被他再次推開，所以遲遲沒有動作。

說書人瞇著眼睛，以冷冷的目光注視瑪麗安娜，直到她忍受不住的別過視線，才繼續說道：「很遺憾，我沒辦法愛妳。」

瑪麗安娜說不出此刻的心情，但他的聲音卻令她難受，「你故意戲弄我，讓我難堪嗎？」

「不是的，妳是個美麗的女人，任何男人聽見妳的表白都會毫不猶豫的接受。」

「你為何不能接受？」她急切的追問。

「我只把妳當妹妹看待……因為妳的聲音像我妹妹，所以我才會接近妳，沒想到卻讓妳誤解了，這是我的錯。」說書人為難的笑了一笑。

「你從未跟我說過這些事。」

「因為妳從未問我，不是我存心隱瞞。」

瑪麗安娜見說書人這樣說話，她怔得喘不過氣，只覺得內心徹底地受到傷害，連她身為女性的自尊，都被說書人的微笑撕得粉碎。

「你不喜歡我，是嗎？」她顫抖著聲音，「那你為什麼要一副很瞭解我的樣子，甚至跟我說你妹妹的事？難道你今天看到我和別人在一起就臉色大變，還不要我參加音樂會，不是因為你喜歡我？」

說書人嘆息地看著她，「我很同情妳，也知道妳的痛苦與無助，因為人活在世上，本身就是痛苦的一件事。即使想忘記，內心深處卻為了自己未曾做到的事引以為憾，充滿了悔恨……」

「別說的好像你很瞭解我！」瑪麗安娜怒火中燒的瞪視著說書人，她對輕易向男人表白愛意的自己感到羞憤，便朝說書人氣惱地甩了一道耳光。

說書人觸及瑪麗安娜忿怒的目光，他心思紛亂，分不清夢境與現實的差別，彷彿從她身上看見伊索德的影子，更情急去抓瑪麗安娜的手。

兩人的手彼此相觸，進而滲出曖昧的體溫。

瑪麗安娜一愣，任憑說書人抓著自己，看他的眼神，她卻瞬間發現自己的心，還是繫在這個男人身上的。

即使那不是讓人心動的愛情，但在這世上，只有這個人瞭解她。

說書人意會到瑪麗安娜的表情，隨即鬆開並執起了她柔軟的手，輕輕地吻了一下，「我對妳感到抱歉。」

瑪麗安娜似是明白他的言下之意，不等他開口，逕自轉身離去。

說書人獨自站在原地，看著女伶逐漸縮小的背影消失於眼前。不知為何，他感到心頭竟卸下沉重的負擔。好像不把她逼走，他就不能從一連串的謊言解脫。

此時，說書人手上提著的皮箱發出一陣晃動。他解開皮箱扣子，一隻棕色貓頭鷹迫不及待地從箱子裡面飛衝而出。

貓頭鷹看著說書人，朝他發出似是責怪的叫聲。

說書人苦笑，「你說我傷害那位美麗的少女?也許吧，她在我心裡就像伊索德一樣善良，像我這種性情乖戾的人只會讓她不幸，我這樣待她，就不會有人受到傷害。」

說書人閉上眼睛，靜靜聽著耳邊落下的風聲。

他仰長鼻息，心頭彷彿被什麼東西縛緊，每當他一闔眼，伊索德帶著哀怨的悽苦面容就會出現在他面前。

寂靜包圍住說書人的世界，讓他彷彿聽見妹妹落在他心底的淚水聲。說書人不去想，像過往一樣習慣這份孤獨，卻隱約聽見誰曾在耳邊向他傾訴的話語。

當心被掏空，不剩一絲期待，他再也不想聆聽內心那些聲音了。

庭園音樂會在城堡主人以利沙的主持下，盛大地開始。

那是一個陰涼的夜晚，城堡大院遍地盛滿鳥語與花香，當然也少不了人們喧嚷的談笑聲。

大院前方的花園站著一群手持樂器的樂師，他們與盛裝出席的賓客，一同聚精會神地期待音樂會的開場。當一聲號角響起，以利沙便在演奏樂隊吹奏的樂曲聲中，進

入彩旗飄揚的會場。

所有赴宴的貴族圍繞在城堡大院的座席兩旁，親自見證這場規模宏大的慶典。

賓客群中發出讚嘆的歡呼聲，熱烈討論此豪華場面的程度，絲毫不輸給王室舉行的慶典。

所有人受到盛宴、音樂以及舞蹈之演出活動的氣氛薰陶，也再一次體驗到貴族的文化氛圍與極盡奢華之能事的享樂生活。他們讚賞以利沙，只有深受皇帝喜愛的這位親王，才有本事創造如此盛宴。

就在這時候，一道質感秀麗的琴聲清亮地響起，成功吸引所有賓客的側耳傾聽。躍動的琴聲闡述著一首令人熟悉的樂曲，它聽起來是那麼的優雅冰冷，琴聲時而抒情，時而淡淡哀愁，教人迷醉。

眾人看見演奏樂隊停下演奏，並且呈一排整齊的隊列散開，一台閃耀著月光的黑色鋼琴出現在大院中央的活動式平台。它承受群眾欽羨的目光，傲立於城堡之中，成為音樂會最明亮的焦點。

就在人們的談論聲中，鋼琴隨著平台緩緩轉動。當彈奏鋼琴的身影出現於眾人眼中，沒有人不被眼前這幕景象震撼得無法言語。

坐在琴椅彈奏鋼琴的金髮青年，專注地演奏一首古典奏鳴曲。只見他細長的手臂隨著彈琴的動作起落，釋放出一個個躍動的音符，變成曼妙的旋律，最後化為動人心弦的樂曲。

群眾沉醉地聽著演奏，感受到他將感情融化在樂聲之中，那些音樂乘著微風，流向耀眼的月光，最後穿透至每一個聆聽者的心裡，泛起層層的漣漪。

雖說這首樂曲多少給人不可親近的印象，但每個人的臉上卻都帶著驚嘆與感動，他們注視演奏鋼琴的樂師，看他高傲而優雅的神態、令人不敢隨意親近的冷漠，眾人驚訝得以為這台鋼琴是為了青年打造的，不由得交談起來。

「看，這不是喜歌劇院的經理嗎？他居然也參加樂隊的演出！」

「沒想到他也會演奏樂器，實在太美妙了。」眾人嘆道。

鋼琴規律的音色刻劃著音樂會的躍動，同時描述一首和諧的奏鳴曲。

一開始由鋼琴帶出的前奏相當優美，隨後加入樂隊的管弦樂演奏，襯托出華麗流暢，如泉水源源湧出的音律。

琴聲帶動寧靜和諧的節奏，一道纖細的小提琴擦弦聲悄悄降臨音樂會，為現場的浪漫氣氛帶來意料之外的多變轉折。

這些人還來不及從沉浸在樂曲中美好的幻覺甦醒，便見到一名灰髮青年站在演奏會場中心，他微傾著臉，用圓潤挺直的下巴壓著小提琴尾端，恣意演奏著。

「那個演奏小提琴的樂師！」群眾之中有人驚嘆道：「好奇怪啊，他的灰髮遮住他一邊的眼睛，看起來真是神祕。」

「這是何等渾厚飽滿的音色……聽，小提琴和鋼琴開始互奏了，原來這是一首以鋼琴與小提琴為主的奏鳴曲。」幾個懂古典音樂的貴族得意的談論著。

演奏小提琴的青年為了轉換全場氣氛，開始演奏充滿技巧性的華彩樂段，他隨著音樂的節奏，舞動在由風與星光構成的寬敞空間。

此刻，鋼琴輕脆的音色像是誘惑小提琴似的逐漸變快，前者開始挑釁後者，後者亦開始跟隨。

過了一會，整首樂曲的節奏變得詭譎，彷彿小提琴正在監視整個節奏。

灰髮青年閉著眼睛，專心地聆聽由自己演奏的每個音律，偶爾撥奏、跳弓、擊弦，這些小動作讓他臉上露出一絲沉穩的氣息，並且享受被眾人注視的感覺。

演奏兩種樂器的青年微微側過身子，透過視線的交會，各自發覺對方內心藏著的意圖。

梅瑟手下忙著彈琴，但是他依然將熱情而帶笑的眼神傾注於說書人身上，見對方神情焦灼地轉身背對自己，他臉上的笑容看起來就更得意了。

截至目前為止，這首約有七分多鐘的奏鳴曲，確實處於鋼琴的控制下。然而小提琴的出現打破前奏的定律，讓旋律聽起來就像跳華爾滋一樣，繞著圈圈越跳越快，幾乎讓人無法抑止加快的心跳。

鋼琴不遑多讓，亦由最初的柔和變得激烈，這兩種樂器聲互相對峙，沒有一點退讓。

和諧的奏鳴曲變得激烈，節奏漸漸扭曲，小提琴彷彿發狂一樣的追逐鋼琴，與先前和諧的節奏完全相反。

站在兩人背後的樂隊，開始演奏管弦樂，這盛大的排場令眾人不斷喝采。

這時候，以利沙坐在高壇上的大理石寶座，手裡拿著酒杯，愉快地注視音樂會的盛況。對他來說，這場音樂宴會不只是單純的藝術交流，同時也是向前來赴宴的貴族宣示他尊貴的社會地位。

在群眾響徹雲霄的歡呼聲中，節奏漸漸平息，再由一道小提琴爆發的音色帶來貫穿全曲的震撼，整首曲子才緩緩結束。

梅瑟起身，領著交響樂隊走向高壇，向以利沙點頭致意道：「這首古典奏鳴曲獻給尊貴的親王閣下，願今日的庭園音樂會圓滿落幕。」

以利沙從寶座起身並步下高壇，他帶著瑪麗安娜，一臉感動地說：「哈來頓先生，由你們兩位主奏的曲子實在太傑出了，這是本親王聽過最好的奏鳴曲。接下來便交由樂隊續演奏各種音樂，請你們好好享受。」

「這是當然。」梅瑟看向站在他身後的說書人，發現說書人不說話，便說：「親王閣下一定很期待這場夜之宴會。」

以利沙從梅瑟薄唇吐露的笑意，意會到這句話隱喻的含意，他轉身看著瑪麗安娜，提議道：「對了，瑪麗安娜，在本親王的宮殿裡，珍藏了一塊幾百年難得一見的紅寶石，我想把它獻給妳，妳跟我去瞧瞧吧。」

瑪麗安娜驚訝道：「親王閣下，您是說真的嗎？」

「難道妳不想要？」

「這份禮物太珍貴了，我不能隨便接受……」她求助地看向梅瑟，「哈來頓經理，您說該怎麼辦才好呢。」

梅瑟一派輕鬆地說：「何必拒絕呢，親愛的，妳能跟親王閣下一塊見識寶石的美，這可是其他女人求之不得的榮寵。」

瑪麗安娜聞言，充滿愁緒的目光在一群男人之間游移著，當她的目光越過無數的樂師，落在拿著小提琴的說書人身上，使無法將視線移開。

說書人察覺到她的眼神藏著不安，他緊抿嘴唇，沒有半點動作。

彼此站著的兩人相距不遠，可是他們之間卻有一道遙遠的隔閡——時間隨著瑪麗安娜晦暗的心情流逝，她執著的看著說書人，艱難地開口說道：「說書人，你覺得如何？我應該要接受親王閣下的厚禮嗎？」

說書人將小提琴與琴弓擱在宴席的桌子，語氣冷冷地回答，「那種事跟我沒有關係，妳想怎樣都可以。」

瑪麗安娜見說書人那樣說，一股衝動的意識隨著他冰冷的言語傾洩而出。她故作熱情地挽著以利沙，與其相偕離去，將說書人與梅瑟拋在原地。

「說書人，感謝你大力相助，剛才那首奏鳴曲可真有意思。」梅瑟朝說書人伸手，以友善的微笑看著他，「你暗中跟我較勁，想成為曲子的主奏樂器，雖然你贏了，可是我也樂於見到你發狠的樣子。」

說書人不理梅瑟讚美的聲音，轉身背對他，毫不領情道：「我沒有時間跟你在這裡聊天，沒事的話，我就先走一步了。」

「慢著，你走得這麼急，好像不在意我為什麼邀請你赴宴哦？」

說書人停下腳步，修長的身影站得直挺挺，對梅瑟的問話好像沒反應似的。

「我被你找來當打手，現在你利用完了，也該讓我離開了吧。」他轉過身，臉上雖面無表情，可說話語氣卻帶著濃郁的酸意。

「就算我利用你，又能怎麼樣呢？我跟你之間，好歹也有一段交情，你不能看在這段交情，對我和顏悅色一點嗎？」

「我不想違背自己的心意，跑去奉承　個沒格調的傢伙。」

「那真遺憾，我看你見到瑪麗安娜出現在這裡，不僅臉色大變，還挺難過失望的。難道你不想知道她跟那個男人的關係？」

梅瑟臉上雖然在笑，可是他的眼底卻流露異樣的冰冷目光。

說書人注意到梅瑟的神色，瞪大眼睛看著他，「你不必話中帶話。」

「你看起來好像不是很高興，我是不是惹怒你了？話說回來，你看似溫和，但個性倔強，只要讓你動怒，你就會翻臉不認人……」

說書人不懂梅瑟想說什麼，只好將困惑的眼神拋向他，「你到底想說什麼？」

梅瑟不說話，只是看著說書人，似乎在觀察他。見他的臉色已經鎮定下來，便說：「我邀請你來這邊，只想請你看清一件事。」

說書人見這個男人一句話也不說，臉上的微笑就像戴假面具般虛偽，於是氣怒地看著他。

梅瑟故做神祕的說：「你為了男人的自尊，壓抑對她的疑慮，死都不願坦承自己的心情。看來你不只是個失意的男人，還是個看不清女人真面目的男人呢。」

說書人見梅瑟說完，一臉得意洋洋的走到會場角落，不禁大聲叫道：「哈來頓先生，你心裡面究竟藏了多少話，給我一次說清楚！」

梅瑟聳聳肩，「我要說的都說完了，你留在這裡慢慢消化這件驚人的事實好了，先走囉。」

說書人神情焦急地瞪著梅瑟，幾乎是無言以對。

一名貴婦迎向梅瑟，用懶洋洋的聲調與他談笑道：「齊格飛先生，剛才的演奏實在太精彩了！真希望再看一次你絕佳的琴技。」
說書人見梅瑟朝貴婦十分恭敬地鞠躬，似乎應承了她那句稱呼，不免內心警鈴聲大作。他仔細的想了一想，便覺得這名字似曾相識，甚至有點難以置信。
當他看到梅瑟離去，趁隙跑向貴婦身邊，向她求證道：「這位夫人，剛才妳叫哈來頓先生為『齊格飛』，請問這是他另一個名字嗎？」
貴婦說道：「是啊，他嫌本來的名字太長太拗口，有時候會請我們私下這樣稱呼，事實上，他很喜歡這個名字呢。」
齊格飛？這個名字熟悉得讓人厭惡，為何偏偏與魔鬼的名字相差幾個字？
雖說也許是說書人自我意識過剩，可當他想到這裡，就不由得想起魔鬼可恨的身影，更不由得把齊格飛與魔鬼的名字相互連結……
他震驚得幾乎心跳都要停止了。
他從一開始就不相信梅瑟是真正的歌劇院經理，當他知道梅瑟的另一個名字，頓時意識到自己的遲鈍。要是梅瑟並不是真正的梅瑟，那陷在他手裡的瑪麗安娜就會很

危險了！

說書人匆忙與貴婦道謝後，便在人群中搜索梅瑟的影子。他沒見到梅瑟，卻被一群貌美的少女團團圍住。霎時，說書人變成宴席人人注目的焦點，他煩躁的走過那些人，最後在花園見到梅瑟彈奏鋼琴的身影。

「齊格飛先生，有事打擾你一下。」說書人帶著抑鬱的神情走近梅瑟。

梅瑟停下演奏的動作，抬頭看著說書人，他眼底閃耀著愉悅的光彩，說道：「你在叫我嗎？有什麼事就說，如果你沒有事，要不要再跟我合奏一曲呢？」

「你不要再演戲了。」說書人壓制著惱火的情緒，沉聲問道：「你到底是誰？我自始至終都不相信你虛假的身分。這個齊格飛的名字究竟代表什麼，你快點說！」

梅瑟離開鋼琴走向說書人，臉上微笑的神情掠過一絲做作的驚訝：「說書人，你說得咬牙切齒，好像我一直在騙你……我可是你的好朋友啊。」

說書人與梅瑟彼此看著對方，誰也不說話。

「這種不要臉的話，你都說得出口，真是厚顏無恥的男人。」

梅瑟看了說書人一眼，嘴角浮現輕蔑的微笑，「你看清楚點吧，什麼叫做『愛』的真面目？所謂女人的心，就是建立在愛慕虛榮之上，只要有錢，叫她幹什麼都願意……瑪麗安娜現在只怕已經是親王閣下的人了。」

「你這是什麼意思？」

「還不懂嗎，我把她寶貴的初夜獻給那個又肥又矮的男人，藉以換取歌劇院的營運資金，如此一來她就能衣食無慮，繼續過著富貴榮華的日子。」

「你為什麼要這麼做？」說書人大怒：「她這麼信任你，還叫你叔叔，對她來說，你是她唯一可以相信的人啊！」

梅瑟提起眼鏡，嘴唇浮上殘酷的微笑，「你太單純了，這種時代的女人，充其量只是男人的玩物，她該感謝我教她這一切。」

說書人聞言，便打從心裡感到震驚。他原本以為自己的情緒不會再為瑪麗安娜的安危激動，可是當他聽見梅瑟的話，卻什麼也顧不得的往通向宮殿的長廊衝過去。

「你還沒看清楚嗎？」梅瑟抓住說書人的肩，阻止地說：「那個男人從一開始就

對她別有目的，說不定早就得逞了。」

「我不管你是什麼人，但是我要去找瑪麗安娜。你要是再跟來，我就對你不客氣。」

「就算你見到她又能改變什麼？」梅瑟像看好戲似的冷笑，「歌劇院需要資金，對瑪麗安娜而言，歌劇院是她的命運。她是在我的命令下赴宴，今後除了有享受不盡的金銀財寶，還得到了親王閣下的愛。對那個懦弱怕事的女人來說，這就是她的幸福，你不必為她擔心了。」

說書人的眼神瞬間變色，他從宴席上抓起一把小提琴，將它狠狠地砸在鋼琴上。他瞪著被砸得粉碎的小提琴，憎恨地朝梅瑟大吼：「瑪麗安娜小姐一點也不懦弱，她不會逃避命運，才不像你這麼膚淺！」

「既然你如此相信，就把她救出來給我看看啊？」梅瑟挑釁道。

說書人點頭，像下定決心要壓制不幸而大聲說道：「我會這麼做的。」

看著說書人推開站在長廊入口的侍從，奮不顧身地衝進黑暗的情景，梅瑟卻一副從容的坐在宴席座位，看起來似是愜意。

幾個歌劇院員工圍攏在梅瑟身邊，擔心地問：「經理，我們要不要去阻止那個男人？」

梅瑟拿起放在桌上的酒杯搖了幾下，唇邊揚起自信的微笑，「就算他趕過去，也來不及拯救那個女人了，無所謂，讓他去吧。」

第八章 魔鬼的顫音

Achte Aufzug : Sonate

如梅瑟所言，這時的瑪麗安娜掉入充滿危險的陷阱，有如黏在蜘蛛網上的美麗蝴蝶，即使掙翅難飛，她依然想逃開眼前的一切。

瑪麗安娜回想在稍早時候，她在以利沙的帶領下，與他一塊欣賞漂亮的紅寶石，可她沒想到這場音樂盛宴居然是一場騙局。

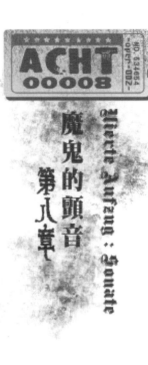

以利沙趁她專注欣賞寶石時，從她背後緊緊摟住她，阻止她做激烈的反抗，當場把她抱到床上，以蠻力壓制她的掙扎。

瑪麗安娜不斷尖叫掙扎，也完全沒預料到這樣的發展。當她從以利沙口中得知，前卑鄙的男人。

梅瑟欺騙她，把她的初夜賣給他——這樣的事實雖然教她心灰意冷，卻不願委身於面

「妳最好放聰明一點，任何女人在這種時候都會取悅本親王！」以利沙兩手放在瑪麗安娜的胸口，只要他稍一用力，就會將絲綢製成的連身裙撕裂。

「親王閣下，請你放尊重點，我不是妓女！」瑪麗安娜放聲大叫。

以利沙聽見她這些話，當場將她的手腕扣於頭頂，並且用力撕開她的裙子，逼得瑪麗安娜羞憤地縮緊身子。

「我看妳這樣子還想逃去哪裡！如果妳肯乖乖聽話，我就會給妳任何女人都想要的珍珠寶石，這也是妳當女演員的夢想吧？」

瑪麗安娜眼睛睜得大大的看著以利沙，一時思緒紊亂，不再掙扎。

她不禁想著，究竟什麼才是她要的夢想，難道像這樣躺在男人身下，靠取悅他們為生，她就會得到身為女人的幸福嗎？

以利沙見瑪麗安娜安靜不動了，便得意地將臉湊向她的粉臉，企圖一親芳澤。

瑪麗安娜緊閉雙眼，任眼淚沾濕她的臉頰。她心想，反正不會有人來救她，一切都來不及了，包括與心愛男人談一場戀愛的小小願望，也都不可能實現了。

正在此刻，一道踢破門板的激烈聲響起，讓房裡的男人嚇得跳了起來。

說書人趕在最危急的關頭之前，飛身闖進房間，適時阻止一切。

他闖進來的目的，正是為了帶走瑪麗安娜。

他看見房間凌亂的殘跡，以及被男人壓在床上的少女。發現她臉上掛著眼淚，想到這都是梅瑟的安排，一時氣憤之下，拔出腰間槍袋的手槍，朝以利沙發狠地走了過去。

以利沙大叫：「你竟敢……」

說書人比他更快一步的大聲說道：「你竟敢這麼做，難道你不要命了嗎？」

當以利沙大聲呼喚侍從進房，說書人便朝牆上飛快開了一槍，再把槍口指著以利沙額頭，命令道：「如果你不想死，就給我閉嘴！」

以利沙聞言，害怕得像吃了蟲子似的「啪」一聲閉上嘴，不敢多說一句話。

說書人趁隙將瑪麗安娜從床上拉到自己面前，眼神堅定地看著她，說道：「抱歉，我來遲了，瑪麗安娜小姐。」

瑪麗安娜臉上流著清淚，纖弱的身子簌簌發抖，即使如此，她仍然把面前這個戴帽子的男人模樣看得相當清楚。

他有令人動心的容貌，英挺的外表，一身妥貼的衣裝，特別是當他拿著銀手槍，渾身散發凜然的氣勢朝她馳騁而來的時候，她幾乎以為說書人是來自童話故事的白馬王子。

一道柔和的銀色月光自宮殿石窗照入房間，將說書人飄逸的灰色髮絲照得微亮柔和。當他走近瑪麗安娜一步，朝她伸手說道：「妳沒有自信，想把自己的命運交給別人或上蒼決定，便會為了躲避不幸而失去與命運對抗的決心。」

「事實上，這些自我哀憐的想法都是錯的，擺在妳面前的命運雖然可怕，只要下定決心，還是可以打敗命運，一切端看妳的心。」

說書人低沉的聲音鑽進瑪麗安娜耳裡，使她耳邊響起一陣耳鳴，心也漏跳了幾拍。她困惑地看著他，並不曉得他說這些話的意思。

「即使現在逃掉，這個男人也許不會放過妳。瑪麗安娜小姐，我只問妳一句話，妳要選擇過榮華富貴的生活，還是被追殺的窮困日子？」

眼前發生的事，是瑪麗安娜沒有預料過的發展。但是她知道她的夢想，將在這個男人身上，而她也毫不猶豫地把手交在他的手中，與他逃向彷彿永遠也不會天明的黑夜。

說書人與瑪麗安娜交換一個眼神，便抓著她轉身就走。在他走出房間之前，回頭對嚇得發抖的以利沙冷冷一笑。

「我要帶走這個女人，你有什麼怨恨，就去找梅瑟·哈來頓發洩吧。」

兩人不等癱倒在床上的貴族反應，隨即衝出宮殿。

說書人劫走瑪麗安娜，逃出主宮殿之後，城堡立即引起一陣騷動。

受盡屈辱的以利沙，馬上傳喚城堡所有侍從追捕說書人與瑪麗安娜，也將梅瑟找來面前，恨恨地罵了一頓。

「那個男人是你的朋友，他居然為了那個女人而選擇傷害本親王的性命……我是這麼信賴你，你卻背叛我！」

「在下感到十分抱歉。」梅瑟假意的說著，「親王閣下，您希望怎麼處理這糟糕的情況呢？」

「還不快追，如果那個女人跑了，你要負起責任！」以利沙氣急敗壞地吼道。

「是的，在下向您發誓，一定把瑪麗安娜抓回您面前。」梅瑟說完，帶著一群歌劇院員工匆匆而去。

說書人帶著瑪麗安娜來到城堡前院，距離他們踏上吊橋，跑出城堡之前只有幾步了。這段路程，除了幾個跑出來礙事的侍從，被說書人輕而易舉的解決之外，他們逃亡起來還算順利。

兩人一路跑著，跑到前院門口之際，被一群穿著黑西裝的男人圍住。

「讓開。」說書人用命令的口氣朝擋路的男人叫道。

見男人們站著不走，說書人氣惱地瞪著他們，隨即聽見一道踏著草地的腳步聲。

「說書人，你可以離開，但是得把瑪麗安娜留下。」

說書人轉身過去，憎恨地瞪著面前的金髮男人，「你為什麼要這麼做？把一個純潔的少女推入火坑真那麼有趣嗎？要恢復歌劇院的營運，難道沒有其他方法嗎？」

梅瑟先是猶豫地看著說書人，過了一會，他抿直的唇線得意地揚起。

「你說得對，其實我有更多方法可想，但為了達成我的目的，只好這麼做。可是你別擔心，這個女人對我來說就像用完即丟的工具，我什麼時候都可以不要她。」

「不過，我看你如此重視她，真是讓人打從心底覺得不順眼。」梅瑟上前一步，走到說書人身邊，帶著笑聲的低語道：「我真是想不透，你為什麼會選擇這種有如家畜的女人……難道你是變態，你喜歡她？」

「是又如何呢？」

瑪麗安娜聽見說書人的回答，全身顫抖的吸了口氣。

說書人挺直全身，冷冷地追問道：「我再問你一次，你帶我赴宴究竟有什麼目的？」

梅瑟微笑，「這個嘛，我只是想看你在心靈空虛的時候，因為被愛入侵而感到絕望的模樣……只要你走投無路，我就能接近你孤獨的心，把你狠狠打落痛苦的深淵，取得遊戲的全勝。」

說書人壓抑胸口不斷起伏的憤怒，他拉緊身後瑪麗安娜的手，沒有說話。

見他表態的做出選擇，梅瑟愉悅的撂下狠話，「我警告你，你若硬要違背我的意思，你不管跟哪個女人都休想得到幸福……難道你還要一再重複相同的悲劇？」

「果然這些都是你一手設計的騙局，可惜我現在還無法動手殺你，但是我要救走被你囚禁的可憐靈魂，你自己留在這裡懊悔吧。」

說書人審視梅瑟的眼神泛著笑意，雖然他確實對梅瑟抱有很深的怨恨，卻只能先帶著瑪麗安娜逃走。

「想走，有這麼容易嗎？」梅瑟譏諷道：「我有這麼多人堵在這裡，看你飛去哪裡！」

「是嗎？」說書人挑釁的一笑，他放開瑪麗安娜，再將皮箱打開，頓時從皮箱裡迸出四射的光芒，令以梅瑟為首的一群男人痛得睜不開眼睛。

「齊格飛先生，我們之間的這場遊戲……我贏了！」

當黑暗的天空躍起耀眼的激光，伴著數道男人的哀號聲，說書人趁隙拉著瑪麗安娜逃到吊橋上，呈直線衝出城堡，並且甩下身後紛爭，不再回頭。

梅瑟一向冷靜自持，然而此刻，他卻惱火地注視說書人遁入黑暗的背影，那如血般的眼眸，在黑夜閃動憎恨的光芒。

今夜發生的事令他自尊心嚴重的受創，內心感到滿腹的忿怒與屈辱，甚至連手指都在顫抖。

但是，他絕不會就此認輸，因為遊戲還未結束，不管要用什麼手段，最終取得勝利的人永遠是他——梅瑟惡狠狠地睨著流逝於夜空的星星，像許願一樣的憤恨想著。

說書人一逃出城堡，立即從停在森林的數輛馬車之中，挑了一輛沒有馬伕的車。他攙扶瑪麗安娜上車，迅速跳上駕駛座，馳騁於漫天星空的夜晚，朝著科米希這座霧之城而去。

馬車在說書人的火速駕駛下，踢踏踢踏的疾馳跑著。隨著馬蹄聲作響，馬車離城堡越來越遠，直到看不見為止。

過了一段時間，飛馳的馬車載著兩人來到科米希，漫天大霧依舊瀰漫於城內。說書人跑到馬車邊扶瑪麗安娜下車，他將馬車扔在街上，帶她鑽進左彎右拐的小巷子，最後才走進一幢磚紅色的旅館。

他為防別人看出瑪麗安娜的身分，將帽子與西裝外套披在她身上，才順利入住一個大房間。

說書人隨手將門關上，放下行李，轉身看到瑪麗安娜坐在床邊的背影，他輕嘆口氣地走了過去，並用手輕輕觸碰她的肩頭，沒想到她的反應卻是放聲尖叫。

說書人連忙向後退一大步，「瑪麗安娜小姐，我沒有別的意圖，也不會在帶走妳之後，又做跟那個男人一樣的事情……請妳冷靜一點。」

瑪麗安娜整個人蜷縮在床上，身體不斷發抖。

說書人見她歷經差點被污辱的危險，一臉劫後餘生的模樣，那愁眉絕望的神情，令他看了好心痛。

他知道，就算瑪麗安娜裝得再無所謂、再堅強，終究是個未經人事的稚拙少女，也許這些事早就把她嚇壞了。

瑪麗安娜雙手掩唇，不由自主的把眼光落在說書人臉上。她把手放下，觸向他的馬甲背心，拖著瘦軟無力的雙腿，倒在說書人懷中。

「拜託你……現在什麼都不要說，讓我這樣靠著你。」

說書人眼底盛著憐惜的看著瑪麗安娜，雙手則溫柔地抱著她的肩頭。

「我不知道該相信什麼，我好恨，難道女人的命運只能成為男人的玩物嗎？」瑪麗安娜不甘心的悲泣。

「忘記那些不幸的過去吧。」說書人默默地說。

「我忘得了嗎？我應該怎麼做？告訴我，說書人。」瑪麗安娜從他懷裡抬起頭，以一雙帶淚的眸子凝視著他。

兩人相互凝視，彼此壓抑而深邃的眼眸與空氣一觸，彷彿沾上油的木柴一樣，引起渺小、濃烈的火苗。

那是一種令人感到情不自禁的氣氛，它讓原本沒有交集的男女，產生對情愛的某種幻覺。

說書人沒有自覺地，將自己身體的重量，輕輕靠在瑪麗安娜身上。

他彎下腰，將顫抖與試探集中在嘴唇，並透過唇瓣，感受到瑪麗安娜的溫柔與羞澀，引領她深入自己的溫暖。

那時候，瑪麗安娜被說書人溫柔的眼神震懾，她來不及反應也躲不開，只能任面前的男人逼近過來。

倒映在地上，被月光拉長的影子相疊的瞬間，彷彿安靜得連空氣都凝結了。

在兩唇相疊的時刻，她的思緒一片混亂，任曖昧的濕熱感征服自己。雖然只有一瞬間，但是她卻不能否認，這個男人吻了自己是件事實。

結束親吻後，瑪麗安娜的意識也隨即回復正常。她對輕易與男人接吻的自己感到羞憤，於是一臉氣惱地朝說書人甩耳光，生氣至極道：「你把我當成什麼？」

「如果妳還是個不知世事的孩子，我就不能親妳了。」說書人取笑地說。

瑪麗安娜見狀，羞憤地伸手要打說書人，卻反而被他一把捧住臉頰。

說書人把手撫上她的臉，柔聲說：「幸好妳平安無事，知道嗎？」

瑪麗安娜靜靜的沒有說話，只是任說書人把手放在她臉頰，任那指溫輕輕染上她冰涼的肌膚。

當她想起兩人初遇那天的情景，雙手還是不斷顫抖，雖然眼淚無法停止，但是看著說書人，心裡充滿了感激。

說書人看著瑪麗安娜，同樣也沒有說話，他的眼睛閃耀著光彩，好像在看全世界最珍貴的東西。當他拋開內心的壓抑，便緊抱住她，坦承對她的好感。

「瑪麗安娜小姐，我一直很想告訴妳，妳在我眼中是這麼閃亮與耀眼，就像愛與美的女神一樣令人迷戀。甚至有時候我會想，將我呼喚到這座城，是瀰漫在霧中，妳那有如天使的歌聲，還是妳心中那些悲痛與灰暗的糾結呢？」

瑪麗安娜心裡訝異，說書人誘惑的笑容讓她無法抗拒，卻也不肯承認自己的心情，害她只好倔強地說：「我怎麼可能知道你說的這些事。」

說書人唇邊有道捉弄人的笑意，注視她的眼光卻很柔和，「當我遇到妳的時候，我從沒想過在見識各種美女之後，會為了一個天使般的名伶動心。我看著妳，曾經對自己內心的轉變感到不知所措，甚至有點害怕。」

「直到我從別人口中得知妳深陷火坑，突然間，我下定決心要去救妳，要止住妳的啜泣，要把我的一切都告訴妳……即使如此，我仍然不懂那種心情是什麼，也許我跟妳一樣，都是不懂愛的孤獨人。」

瑪麗安娜聞言，滿臉的震驚，「那你之前為何要對我說謊？」

說書人的聲音溫柔而低沉的在她耳邊響起，「瑪麗安娜小姐，與妳美好的存在相較下，我只是一個被詛咒的小丑，總是孤寂地站在角落，不被眾人注意，就連這個世界也不曾記得我的存在。我原本不打算把這些話告訴妳，也不能對妳說出我的苦衷，甚至不敢讓妳知道我心中壓抑的感情。」

瑪麗安娜睜大眼睛，一副認真的看著他，「說書人，你這些話讓我聽得不是很懂。如果你願意，把我當成聽你說故事的客人，說給我聽好嗎？」

見瑪麗安娜關懷地看著自己，這使得說書人覺得好溫暖。老實說，自從妹妹死後，他總是自己一個人過著孤獨寂寞的日子，從來沒人像這樣貼近自己的心。

也許，他只是想要有一個精神依靠，一個可以訴苦的對象。

說書人壓抑內心的悲傷，苦笑道：「我有個故事想告訴妳，想聽嗎？」

瑪麗安娜點頭。

「很久以前，我身上曾經發生一件悲劇。魔鬼殺死我珍愛的妹妹，使她陷於地

獄，至今仍無法解脫……若是因為我的愛而使妳陷入被魔鬼殺害的危機，這個遺憾將會使我後悔一輩子，請妳諒解。」

瑪麗安娜默默地看著說書人，她把手撫向他寫滿哀傷的臉部線條，看著他晶瑩的左邊眼眸，連她的心都要被吸進如此美麗的眼神之中。

「你的過去不是我能理解的沉重，可是我能體會你的心情……唉，你是個可憐的人。」

說書人苦笑地說：「我可憐？」

「是啊，因為你無法放下這些重擔，就像被無形的執念囚禁綑綁，難道你無法為自己而活嗎？」

「不，我做不到，若無法殺死魔鬼為妹妹報仇，我永遠不能原諒自己。」

瑪麗安娜被說書人眼中深沉的冷漠給暗自嚇了一跳。

她摸不透他心裡在想什麼，至少瑪麗安娜此時的想法是這樣的，她以為她懂說書人，但不到一會，他又離她遠遠的了。

她看說書人冷怒的模樣，看他面無表情的模樣，她微微顫抖著雙手，把他擁入懷裡，哽咽道：「你無法忘懷過去悲傷的記憶，但是你這麼做只會讓你更痛苦。如果我能安慰你空虛的心靈，如果你也需要一份帶著溫暖的愛，何不讓我們現在……」

說書人深吸口氣，嗅到她的軟甜體味，意識到她這句話背後的意義，用力推開她，神色壓抑地說：「我不懂什麼是愛，但是因為妳，讓我開始渴望世間美好的愛情。就因為如此，我更不能對妳有任何期望，這會傷害妳……明白嗎。」

「我不在乎，只要今夜就好。」

「妳若跟我扯上關係會不幸的，因為我是罪人。不但害死親生妹妹，無法為她復仇，還讓她的靈魂飄泊在熾熱的地獄，這種感覺比死還不如。」他眼神略帶悲哀地凝視著她。

瑪麗安娜月光溫柔地拂向說書人臉上刻劃著痛苦的神色，她攀著他寬挺的肩膀，企圖用一個吻融化他薄弱的意志，「若你身上有罪，這個帶著寬恕的吻已經諒解你了。」

說書人臉色憂鬱地看著她，微張著雙唇嘆息道：「沒有人抗拒得了天使的誘惑……但是妳不能這麼做，我不希望妳受到像妹妹一樣的苦痛。」

「我只希望我們不要分離。」她又吻了他一下，「用你帶罪的吻溫暖我、親近我，讓我們忘記彼此的身分，即使你對我沒有愛。」

他聽見這句話，貪戀地擁抱她，「我渴望妳，就像渴望愛情降臨在我面前。」

兩人對望，已容不下一絲聲音。

「把你真正的名字告訴我，讓我記得這一刻。」她再次把手撫向他的臉頰，勸誘地說道：「只有這一夜，你能讓我忘掉可怕的過去，也為我留下一些回憶……」

說書人看著瑪麗安娜，把她的手拉到自己面前，俯下身子低著頭，用溫潤的嘴唇去吻她。他彷彿想將自己的名字透過這輕柔的吻，一次次傳送至她唇邊，刻下永難磨滅的印象。

瑪麗安娜像失神般沉浸在說書人留給她的溫暖，不可自拔。

然而，就在說書人雙手將她攔腰抱起，走到床邊的時候，瑪麗安娜害羞地把臉靠在他懷裡，輕聲細語地提醒道：「房間太亮了。」

說書人見桌上燭台綻放微弱的昏黃光線，他輕輕吹滅燭光，讓房間回歸純粹的黑暗，只剩下細如蚊鳴的低語聲，繼續譜寫著愛的旋律。

是的！這份愛運載著兩人，讓他們從痛苦的深淵導向希望。

雖然兩人沒有做下任何關於愛的承諾，但是他們的心卻被愛悄悄征服，拋開一切束縛壓抑，只為了共渡充滿綺麗的短暫一夜。

夜依然延續。

窗外的月光靜謐無聲地透進房間窗口，微微照亮幽暗的房內。

房內一片靜寂，只剩男人與女人的呼吸聲，他們坐在床邊，互相依偎的擁抱著，即使不說一句話，也能感受到彼此體內的心跳。

說書人的呼吸聲沉重急促，似乎掩藏著想對瑪麗安娜訴說的祕密。他專注地看著她，將手觸向她雪白柔軟的肌膚。

瑪麗安娜被說書人碰觸到手腕，全身泛著一種微妙的電流，她雙眼朝他看去，害

羞地說：「你現在打算怎麼做呢？」

「妳知道嗎，有人曾經這樣說過。女人是嬌美的花朵，若能一層層剝掉鮮嫩的花瓣，剩下柔軟的花心，並給予溫柔的撫慰，當它顫抖似的散發晶瑩剔透的光澤，輕嘗一口，那便是愛情甜美的味道……我很想品嘗一下屬於妳的味道。」

或許是愛慾在血液中發酵的關係，說書人的低語聲變得相當有磁性。

瑪麗安娜聽出他隱藏在話中的意思，心裡湧現一種連她也不瞭解的期待，只好難為情的低頭不語。

此刻，他情難自禁的低下頭，吻住她粉紅色的嘴唇。

說書人的吻很真摯，他並不是想藉由這個吻來渴求女伶的一切。相反地，他親吻的方式就像一個膜拜女神的罪人，罪人希望自己身上的罪能以這個吻獲得女神的原諒。

那個吻逐漸平撫兩人心中的躁亂不安，最後變得急迫熱切。

說書人把手放在瑪麗安娜背後不斷游移，似是探索什麼。陷於他懷裡的女伶微曲著身子，依靠他寬厚的胸口，聆聽他沙啞的低聲呢喃。

瑪麗安娜不經意轉過視線，從窗外看見漆黑的夜染上銀紅色的月光，她能感覺自己身上被月光照亮的每一吋肌膚，都隨著說書人指尖滑動的軌跡而發熱。

說書人抓起瑪麗安娜一束束紅色髮絲，愛憐地在唇邊吻著，他凝視懷中美麗的女人，無法克制的撫摸她染上玫瑰色的臉頰，輕柔地抽開她的腰帶，與絲綢布料發出磨擦的聲響。

瑪麗安娜突然伸手撩撥他前額瀏海，笑了一笑，「你知道嗎？平常看到你不覺得你和別的男人有何不同，直到跟你如此相近，我才發現你在夜晚看起來好迷人……特別是你這頭淺淡的灰髮，髮絲之間透著淺紫色的光澤，讓我覺得很好看。」

說書人為瑪麗安娜提起他髮色之事感到意外，他從未想過自己向來被人厭棄的灰髮，竟然有被喜愛的一日，不由得打從心裡湧現一些溫暖。

「謝謝妳的讚美。」

接著，他不著痕跡的以手指輕捏她衣服背後的拉鏈，迅速拉下。隨著一道冰冷的

鈕釦拔除聲，蜷伏在他懷中的女人裸露出一整片背部肌膚，並且顫抖。

瑪麗安娜此時全身僵硬，呼吸斷斷續續，彷彿要休止一般。她感到平常用衣服遮蔽住的背部，現在全部曝露在空氣中，涼冷的觸感令她不由自主地「呼」了一聲。

說書人以厚實的手掌摩擦她的背後，讚嘆地倒抽口氣。見她象牙色的肌膚白裡透紅，便壓抑微顫的喘息，為她卸去身上那件沉重的美麗衣裳。

此刻的瑪麗安娜，有如月光下的精靈。她全身散發柔和的光暈，閃耀著純潔透亮的光澤，看起來比平常還要吸引人。

說書人撫著她潔白的肌膚，低語聲有如吟詩。

瑪麗安娜發現說書人目不轉睛地看著她全身，立即害羞的用手遮住胸部，卻被說書人溫柔拉開。

「妳的身體精緻得就像一個藝術品，而且還是世上最美的藝術品，不要遮掩，讓我看著妳。」

觸及瑪麗安娜眼裡散發阻止意味的光芒，說書人愛憐地看著她，接著除去自己的

衣服，緊緊擁抱著她。

那是一個誰也離不開的強烈擁抱，彷彿他們一生從未將自身情愛這樣宣洩過。

瑪麗安娜抬起臉，感到自己整個身體陷進說書人的懷抱，她不想離開這份溫暖，於是渴求地說：「讓我心跳變得更快一些吧。這種感覺就好像初次登上舞台演唱時，縈繞在我心頭的愉悅與快樂會令我紊亂的呼吸停止，好像世上一切也跟著停止運轉……」

兩人相疊著視線，揉合彼此混亂的呼吸心跳，想做的事與想說的話已無需表明。說書人親吻著瑪麗安娜的耳際，用言語溫柔地安撫她慌亂的不安，用雙手細心呵護她脆弱的心跳，他擁著她，兩人呈直線滾落於潔白柔軟的床鋪。

他吻著她，帶領她進入由情愛構成的另一個世界……

夜無限繾綣。

魔鬼的顫音

Vierte Aufzung : Sonate

第九章

日光微微透進旅館窗戶，喚來一絲早晨微亮的氣息。

此刻，有對男女相擁於門邊，他們依舊捨不得昨日的纏綿，只盼時間永遠停留，不要轉動。

「我就這樣帶妳遠走他鄉，不好嗎？」

被男人從背後擁住的少女面容十分堅決，她婉拒道：「如果能跟你不負責任的離開這裡，必定是件幸福的事，但我做不到。你有必須而應該做的事……我也是。」

說書人收緊圈在瑪麗安娜腰上的手，無法割捨的呻吟。

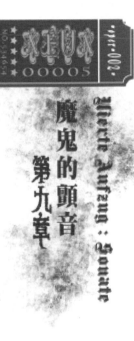

現在的他，似乎把自己當成她最重要而親近的人，若沒有他，她今後的命運將走向不幸與悲哀。

瑪麗安娜高仰起臉，半掙扎的想自男人懷中離開，近似懇切的喚著他，「說書人，放開我吧。」

「叫我的名字，讓我用妳的聲音回憶妳昨夜的柔軟。」他說。

她緩緩動著嘴唇，「親愛的施洛德，你一直很溫柔，所以負荷在你肩上的重擔讓你充滿痛苦。當你需要愛，但願我能為你付出……我很想這麼說，可是我真的該走了，叔叔在找我。」

說書人神色僵硬的鬆開圈抱她的雙手，將她的身體扳向自己，「那個男人不是妳的叔叔，對妳根本沒有半點情分，妳若現在回歌劇院，他會不擇手段毀掉妳。」

瑪麗安娜困惑地問：「難道你知道他的事？」

「他是一個卑劣的偽善者，擅於掌握人性弱點加以利用，如果用你們的方式形容，那個男人的存在比幽靈魔魅還要可怕，世人總是稱呼他為魔鬼。」

「魔鬼……」她腳步不穩地跌了一下，「不可能，他是撫養我十幾年的叔叔，對我照顧有加，再說歌劇院的魔鬼早被某人驅逐，已經消失了。」

「請妳聽我說，魔鬼潛藏在人心慾望之中，只要有人類，魔鬼就不可能消失。我跟那傢伙有很深的仇恨，妹妹也被他所殺，為了不讓過去的悲劇重演，我不能讓妳走。」

「妳一定要去嗎？」

「是的，請你諒解我。」瑪麗安娜撫著被撕破的裙子一角，心中毅然決定向梅瑟攤牌，「只要我做完身為女伶的最後一件事，就會回到你身邊。」

說書人見瑪麗安娜立誓般的眼神，即使他很不安，卻明白她心意已決，不再勸慰她留下。

她緊握著他略帶冰冷的手，「你要相信我。」

說書人以堅定的眼神看著瑪麗安娜，他鬆開手，選擇在冷清的街上目送她離開。

瑪麗安娜一邊走著，一邊不時回頭看向說書人。當她看見他的微笑，便毅然坐上

馬車，帶著不捨的心情回歌劇院。

一輛馬車在喜歌劇院大門前的廣場停下。

坐在馬車裡的女子下了車，將馬伕打發走之後，她抬起神色凝重的粉色臉龐，感受身上沾著朝陽的溫暖，不由得吸了口氣。

就在這時候，兩個面露殺氣的黑西裝男人朝女子迎面走來。他們看著她，臉上充滿責備與不諒解。

「我要見哈來頓經理。」她開門見山道。

男人沒有回應，只是做出手勢比向門廳，要她跟他們過去。

女子跟著男人一同踏上歌劇院大廳，察覺四周異常冷清，沒有過去歌劇院聚集人潮的繁盛景象，讓她感覺氣氛充滿壓迫。

「這裡怎麼回事？」她困惑地看向男人。

那些人帶她走到與大廳交界的長廊入口，便停下腳步，沉聲道：「瑪麗安娜小姐，經理有令，請妳自己過去找他。」

兩人說完話，把瑪麗安娜丟在原地，逕自掉頭離去。

瑪麗安娜走進深邃的長廊，並扶著兩旁牆壁，試著在無人的歌劇院摸索出一條生路，卻發現身邊的可怕寂靜，已經將她整個人圍困起來。

這也許是條永遠也走不到盡頭的走廊，而且異常安靜，除了她的腳步聲，好像再也沒有其他聲響。她聽著流動於四周的氣息，不免害怕起來，似乎任何一種聲音，都足以讓她心跳加劇。

瑪麗安娜壓抑著混亂的思緒，她抬頭發現，自己站在一處安靜陰暗的地方，只要靜下心，還能聽到風聲吹過的聲音。

她停下腳步，意識到在眼前這扇沉重的門後面，是她熟悉的經理辦公室。她看著門上掛著的金屬牌子，回想昨夜的事件，內心便出於本能地流過一陣顫慄。

瑪麗安娜知道惹火梅瑟將有何等嚴酷的下場，以她對他的認知，他不可能允許她做出敗壞歌劇院門風的行為，包括與男人過夜。但是，她已不願再被當成懸絲傀儡般任人擺弄，她要尋求自己的幸福，就必須與梅瑟攤牌。

當理性戰勝恐懼，瑪麗安娜輕輕推開門，發現房間一如往常沉靜，她忍不住把腳步放重了些。

在飄浮著冷空氣的房間內，有著霹啪作響的火爐，因窗戶掩上簾幕而不受日照的陰暗光線，以及站在火爐前的金髮男人。

瑪麗安娜聞到火爐特有的焦煤味，不禁輕聲咳嗽道：「叔叔，我是瑪麗安娜。」

少女站在門邊不敢動，她盯著梅瑟的背影，一副把雙手放在褲袋的沉思神情，似是把自己與這個房間融為一體。看他堅挺的側臉線條染上爐火的熱氣，她卻感到房內有點冷。

儘管她主動跟他打招呼，梅瑟依然沒有說什麼，只是抬起目光掠了她一眼，隨即轉身過去。

「這不是我美麗的小鴿子嗎？快進來，妳有話對我說吧。」

瑪麗安娜把門半掩著，走過去對梅瑟先發制人地說：「叔叔，你看見了嗎？我這件被撕破的衣服，就是你欺騙我的證據。」

梅瑟轉身，拉起她沾血的一片裙角，「這是怎麼沾上的？」

她撥開他的手，將裙子撫平，「經過昨夜，我很高興我能自己選擇對象，因為你再也無法對外拍賣我的初夜了。」

梅瑟問：「什麼意思？」

「你還不懂嗎，我名義上的父親，被你視為商品的我，已經成為一個真正的女人。我跟一個男人共度一夜，把身體獻給他了。」

梅瑟見瑪麗安娜露出得逞的微笑，於是怒不可遏地罵道：「那個人是誰？」

瑪麗安娜說：「難道你忘了昨夜城堡的騷動，忘了是誰把我從那座石城盜了出去？」

梅瑟強硬地扣住她的手，狠狠瞪著她，「妳敢擅自作主，把妳的身體這樣獻出

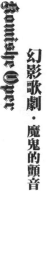

去，難道妳忘了妳是我的東西？」

瑪麗安娜冷冷地笑道：「你承認吧，我已經失去價值，不再是你餵養在手中的雲雀。從今後起，我不要再被你利用，我要離開你！」

梅瑟皺著眉頭，瞇緊的雙眼一冷，用力打了瑪麗安娜一道耳光。

瑪麗安娜被打得不支倒地，她無力地坐在地上，嘴角則滲下一行血絲。

「妳這個賤貨，我恨不得毀了妳！」他怒罵道。

「是的，把我毀了，讓我去死吧，野蠻人。」她激動地大喊，「我知道什麼故事都感動不了你，唯一高興的時候，就是看到別人陷進悲痛與不幸之中，你才會笑得比平常更加有感情。」

「雖然表面上，你會為那些人落淚，但我知道那是你的演技……真正的你對那些事不屑一顧！你戴著一副名為微笑的假面具，虛偽做作，充滿想看別人不幸的慾望，這才是你的真性情。」

梅瑟睜大眼睛瞪著她。

「你以為我什麼都不知道嗎？你錯了，事實上，我什麼都知道，我知道你為了排除異己，不惜在舞台動手腳，把對你無用的人一個個殺死——院長和佩茲小姐都是你殺的！」

「早在院長調換我女主角之位時，那盞水晶燈就有鬆脫的現象，隨時都會因輕微拉扯而掉落，你卻不讓人修它……後來那齣戲上演，不知是誰拉動水晶燈拴上的繩子，於是它就這樣砸到觀眾席上。你明明知道會發生意外，卻又看著它發生！」

「後來的佩茲小姐那件事故也是一樣，做為道具的手槍裡的子彈是你換的。我看見你以喜悅的表情欣賞那齣染血的舞台劇，我真不敢相信你居然殺了他們兩個人！」

對於瑪麗安娜嚴正的指控，梅瑟冷笑道：「美麗的小鴿子，妳為何不高興呢，我做這一切都是為了保全妳女主角的地位，沒想到妳不感謝我，還責備我？如果妳再說下去，我會很樂意地毀掉妳。」

瑪麗安娜悲傷而忿怒地說：「你說的是人氣與名聲嗎？好啊，我已經不在乎了。叔叔，我要解除跟你之間的契約關係……希望你放了我。」

瑪麗安娜的一句話像針刺進梅瑟的意識，他的臉色隨即變得憤怒與不滿。

「妳要違背我們的契約？」

她撐起身子，直挺挺的向前一站，勇敢地說：「沒錯，我要選擇跟那個男人的愛情。」

梅瑟震怒地說：「妳竟敢背叛我？」

瑪麗安娜皺著眉頭，激動的嚷道：「恐怕是你先背叛我的，叔叔……不，哈來頓先生。我直到最後都相信你不會把我賣給別人，但是你卻傷害我的心，我不會再相信你說的話了。」

「妳為了自身的慾望出賣靈魂，跟我簽下交換條件的契約，現在卻因為愚蠢的愛情背棄我……哪有這麼容易？如果我要妳生，妳連死的機會都沒得選！」梅瑟憤怒得連說話的語氣都在發抖。

瑪麗安娜勇敢地抬起臉，道：「你沒有權利剝奪我的自由，事實上我懷疑你為何要領養我，難道我只是你的玩具？我真正的叔叔不應該是這種人……你真的是我的叔叔嗎？」

梅瑟沉靜了一會，深吸口氣，聲調平靜道：「親愛的，我為妳做的選擇感到遺憾，這不是一個明智之舉！因為妳的一念之差，導致歌劇院再也回不到昔日的繁榮，連劇團成員也要流落街頭，難道妳忍心讓事情變成這樣嗎？」

瑪麗安娜猶豫地看著他，搖了搖頭，「對不起，叔叔，請你原諒我。」

梅瑟上前一步的逼近瑪麗安娜，將手伸向她削尖的下巴，輕輕捏著並提了起來。

「妳有美麗迷人的外表，令人心醉的歌聲，可惜妳沒有聰明的頭腦，否則也不會斷了自己的生路！」梅瑟的神情隨著譏諷語氣，在轉眼間變成另一種模樣，他壓抑滿腹怒火，嘴唇上浮現一抹殘忍的笑意，「很遺憾，我不能原諒妳。」

在瑪麗安娜尚未意會到梅瑟言下之意的同時，她被他粗暴地推向牆角，雪白的頸子也被他緊緊掐住，根本無法開口說話。

瑪麗安娜難以置信的瞪著梅瑟，發現他的目光盛著陰冷逼人的氣息，還沾了一絲血淋淋的殺意，於是全身膽怯地顫抖。

「妳真的以為妳配得上他？很可惜，我跟那個男人之間有個遊戲，不許妳們這些有如家畜一樣的女人搗亂。」

「為什麼……不，住手……你……不是叔叔……」

瑪麗安娜從喉嚨深處迸出掙扎的聲音，她屏住呼吸，尖細的手指拚命想將梅瑟的手扳開。

梅瑟不理，反倒加重勒住她脖子的力道，不耐煩的說：「好難聽的叫聲，妳就是用這種淫穢的聲音勾引那個男人？妳真了不起，昨晚的事讓我滿腹怨氣，若不折磨妳死，我餘氣難消！」

「你……是誰？」她拚命扭曲身子，嘴裡直喘著氣。

「現在追究我是誰已經不重要了。」梅瑟發出崩潰與瘋狂的大笑聲，他佈滿血絲的紅眸盯著女伶，喉嚨一顫一顫的作響，「妳違背與我相依的契約，這份代價是妳純潔的靈魂……明白嗎？」

女伶的心劇烈地跳動，當她盯著面前的梅瑟，不知為何，卻有一道幻影出現在她

模糊不清的眼中。幻影中的男人面容有些滄桑、老邁，但是雙眼之中有她熟悉的溫柔，這使得瑪麗安娜忍不住打著寒顫，開始叫了起來。

「叔叔……這才是我的梅瑟叔叔！」瑪麗安娜面帶憂傷痛恨的神情，對藏在幻影之後的年輕男人皺眉道：「為何你身上有他的影子……」

梅瑟打斷她的話，「想起來了嗎？是誰跟妳簽下契約，是誰讓妳獲得美貌，這一切妳都想起來了嗎？」

「難道你是我夢裡的聲音……難道真如他所說，你是棲息在歌劇院的魔鬼？」

「妳真聰明，是誰告訴妳的？」梅瑟以愉悅的高傲態度反問道：「是不是跟妳共度一夜的男人？」

瑪麗安娜壓抑著恐懼，卻掩飾不了驚慌的說：「你取代了叔叔的身分，難道你殺了他……」

「錯了，我因為實現他挽救歌劇院的願望，所以向他索取代價。現在輪到妳付出代價，親愛的。」梅瑟回答，臉上浮現一抹不可思議的溫柔神情，「我本來還不打算現在殺妳，因為妳是我遊戲的籌碼。但是，妳把貞潔獻給那個男人，擁有他的愛情，正是觸動我殺妳最直接的一個動機……」

「怎麼樣，恨我吧，我絕不允許我的獵物得到幸福！」

瑪麗安娜臉上掠過一道震驚的神情，過了一會，她鬆開抓著梅瑟的手，神情變得平靜，似乎不再抵抗的看著他。

「好，你殺我吧。」瑪麗安娜說：「只是不能履行跟他的約定，我有點難過。」

梅瑟無情地注視著她，像注視一個奇異的小東西。

她揚起目光，「在我死之前，我能說說死前的遺言嗎？」

他沉默不語，似是應允了。

「我覺得你很可憐。」她說。

梅瑟挑眉，「什麼？」

瑪麗安娜彎著嘴唇，發出淺淺的笑聲，「我本來以為魔鬼是我無法想像與捉摸的存在，是一個以王者倨傲的目光看待世人，充滿完美無缺點的個體……想不到魔鬼居然也會羨慕人類，嫉妒人類的愛。」

梅瑟聞言便斥喝道：「妳說這些無用的話，也無法挽救妳的生命。」

「我說這些並不是企圖乞求你的饒恕，你或許可以殺我，卻掩飾不了你下手殺我的動機！你偽裝成人類、否定人類，不都是因為你羨慕，卻又無法真正成為人類，才會這麼做嗎？」

梅瑟無法言語，只是不斷發抖與喘氣。他沒想到，這個女人死前的遺言居然是覺得他很可憐，這句話對他而言是世上最惡劣的羞辱。

這個認知讓梅瑟打從心底感到顫抖。

瑪麗安娜又說：「雖然愛是美德，但是你從沒感受過愛的美好，會覺得羨慕也是理所當然。就算你殺死我，也不過證明你因為嫉妒才殺了我……換句話說，你嫉妒人類之間的愛，才會下手殺我。」

「不准對我提愛這個字！」梅瑟惡狠狠的大罵，雙手用力地勒緊瑪麗安娜雪白的脖頸，他氣憤難忍，眼底彷彿燃起兩團朱紅色的陰冷火焰，「妳說得沒錯，我覺得嫉

妒……那又如何？我得不到又無法容忍它存在的東西，乾脆親手毀掉，這就是我追求純粹情感的方式！」

瑪麗安娜對梅瑟憎恨的回答置之不理，她靜靜閉上雙眼，唇邊浮起柔和的笑意，就像女神寬恕世上一切罪惡的神情。

「可憐的魔鬼，你也跟我們一樣真心想追求人生的美好，只可惜礙於身分，你寧可選擇奚落與譏諷，也不願面對自己……」

梅瑟臉色鐵青的睜大眼睛，他對她這些話感到惱怒與憤恨。趁她還沒說完整句話，他發狂似的掐著她，直到她的氣息漸漸轉弱，他再用了一點力，便讓耳邊一切說話的聲音消失，將氣氛變得跟倒在地上的屍體一樣死滯。

梅瑟喘息的樣子充滿疲憊與苦惱，當他低頭審視瑪麗安娜蒼白的臉色，卻見到她嘴角有著像天使般的柔和微笑。

他不能自制的喃喃低語著，「我是從光裡的黑暗而生的魔鬼，在我面前，任何事物都是醜陋而愚蠢的……我不嫉妒也不羨慕你們的感情，因為世上根本沒有真正純粹的情感！」

梅瑟站在被黑暗籠罩的房間，被一片深邃的漆黑圍繞。此時他臉上的表情已經分辨不出是憤怒或微笑，當他扭曲的面孔浮出笑意，看起來就像因嫉恨而發狂的妒婦。

「看著吧，當所有破碎的靈魂在愛與絕望中掙扎，我會讓你知曉，靈魂安息的終點並非天堂，而在地獄……說書人，遊戲將至尾聲，你準備好迎接失敗了嗎？」

房內男人陰冷的笑聲，迴響於被死寂籠罩的歌劇院，而他的野心，終將揭起歌劇之城充滿糾葛與愛恨陷阱的帷幕。

說書人感受到瑪麗安娜的氣息消失，已經是跟她分開三天後的事了。

對此，他心中感到強烈的不安，並被這份自責感鞭笞，進而前往歌劇院，只為了見瑪麗安娜一面。

就在說書人走向歌劇院大門，他見到一片黑壓壓的人潮彼此推擠於門前兩旁的石柱與台階，好像相約一起到這裡似的。

他朝人群裡一望，見到不少熟面孔。除了兩位警官、安琴與恩斯特之外，剩下的幾乎都是歌劇院的客人。

群眾尖銳的喧嚷聲震破天際，只聽見一道又一道的談論聲，責備聲接連不斷的響起，吸引了說書人的注意。

「說到歌劇院的意外，你們不覺得這是一起怪異與兇殘的連續殺人事件嗎？」一個市民說。

「是呀，沒有人碰卻會自己掉落的吊燈；本來裝了假子彈，卻在使用時噴出真子彈的道具槍……任誰都不相信這只是單純的意外！」

「真是可怕啊，犯人沒有理性，簡直就像享受殺害人的過程……雖然警方介入調查，可誰都知道那傢伙根本不是人，是邪惡的魔鬼！」

人群中走來兩名穿著制服的男人，他們聽見市民發表的高論，急忙前去勸阻。

市民看見警官先生也趕來參加討論，不但不住嘴，還變本加厲地詢問他們的意見，自然又把場面炒得加倍熱鬧。

說書人轉過視線，看見安琴與恩斯特在人群裡蠢蠢欲動，看來十分顯眼。

「恩斯特，過來這裡佔個好位置，今天可是歌劇院重新開門做生意的日子，不曉得有什麼好戲可看？」

「安琴，請妳不要分明是個好小姐的模樣，卻一開口就說老人才會講的雙關語笑話好嗎？」

少女聽身後的青年總是愛說教又嘮叨個不停，便不耐煩的別過視線。當她看見說書人，便對他熱情地招招手。

說書人並未把心放在那兩人身上，他一轉頭看向歌劇院大門，發現有不少人倚靠在門前，好像在等開門的樣子。

他為了要更瞭解目前的情況，於是邁開腳步走了過去，繞過那些看熱鬧的民眾，走到正在拚命拍門的幾個男子身邊，客氣地詢問道：「請問，這門打不開是嗎？」

「對呀！明明都過了開門營業的時間，也沒見到有人出來開門，該不會不做生意了吧？」

說書人點頭微笑，「不介意的話，我來試試好嗎？」

男子質疑的看著說書人，但還是退開了幾步。

當說書人站在門前，將雙手扶在門上，原本緊緊關上的歌劇院大門，經由說書人一推，居然奇蹟似的開啟，令他身後的群眾吃驚不已。

當一群歡呼的市民像流水般湧進歌劇院，說書人保持緩慢的步調走在群眾後面，在他心中，著實為眼前的一片漆黑感到訝異。

整座歌劇院被陰悽、寒冷、寂寥的氣氛圍繞，似乎被一種未成形的恐懼捉住了。一想至此，說書人心中更急於想找出瑪麗安娜的身影，他盡力讓自己看起來十分平靜，絲毫不受歌劇院的氣氛影響。

說書人跟隨群眾離開門廳，他們上了二樓，走向一處走廊轉角，進而停下腳步。

「喂，你們聽見沒有？在前面那間戲廳的紅色絨門隙縫，隱約傳來什麼宗教音樂的聲音哪。」

「是啊，我也聽到了，還有女人唱歌的聲音！」

隨著人們談論的聲音，說書人保持鎮定與冷靜的情緒，他側耳傾聽，在現實與幻覺之間，聽見一道由女人輕聲唱歌的聲音，溫柔地響著。

說書人用力做了一個深呼吸，他從流動的空氣裡聞出一道香氣，那是瑪麗安娜身上的味道，他不會認錯的。

他被思念瑪麗安娜的感情所驅使，走向那間傳出音樂聲的戲廳，把門推出一點隙縫，讓微小的音樂聲傾洩而出。

說書人恍惚地聽著歌聲，直到他不安的心境逐漸被歌聲撫平，便用力推門而入。隨著他的行動，也有不少人跟著他一塊進去戲廳一探究竟。

當他們進入戲廳內部，想要仔細檢查內部擺設，卻發現裡面非常黑暗，連一盞燈都沒亮，就像是深黑色的虛無夢境，什麼都沒有，只有一片黑色。

說書人走在漆黑而深不見底的看台走道，同時清楚地聞到瑪麗安娜的香味，還有

水滴斷斷續續滴落舞台的聲音。他不曉得眼前的黑暗究竟意味著什麼，但是他很討厭這種可怕的孤獨感，好像隱喻著一件悲劇的發生。

正在此時，一道女性低沉細微的歌聲冷冷地響起。說書人警覺地聽見聲音，加快腳下的速度，他拚命走向前方，卻發現眼前的黑暗被一道強光打散，而那光芒就來自於他的頭頂上！

當一盞水晶吊燈突如其來照亮整間戲廳，說書人驚醒地眨著眼睛，此時映入他眼底的慘劇畫面，居然是被高吊在舞台的女伶身影。

整間戲廳迴繞著聖樂歌聲，彷彿像她往常出場的專屬開場曲，但音樂聽起來相當哀淒，讓人幾乎以為身處墳場。

很快地，馬上有人看見舞台詭異的一幕，並發出慘叫聲。

所有人被眼前的畫面深深為之震撼與驚動，他們看見瑪麗安娜穿著染血的華麗戲衣，腳下滴落浸濕舞台紅毯的鮮血，加上她臉上那份驚悚的美麗，進而溢出冰冷的死亡氣息！

所有人心裡只想弄清楚一件事，這位天使名伶為什麼會吊死在這裡？她是自殺，抑或他殺？

「看啊！那……那個在聖樂中以吊死方式出場的女人，不就是名伶瑪麗安娜嗎？」

眾人抬頭一看，每個人的眼神都露出驚恐，還混淆了一點不信與悲傷的神情。

「剛才那滴滴答答的水聲……是她的血滴在舞台的聲音！」

「歌劇院好端端的為何接二連三發生這種事？到底是誰殺了她？」

「讓開，讓開！所有人都離開這裡，我們要搜查！」兩位警官在眾人皆靜默的時刻，闖入戲廳並伴著刺耳的嚷叫聲出現。

「警官先生，這是殺人事件，絕對錯不了！」一道比先前更吵的少女叫聲響了起來，伴隨這聲音而來的，是一名神色匆忙的少女與另一名跟在她身後的青年。

華爾特與法蘭克互視一眼，對少女譏嘲道：「很好，妳可幫咱們破了這樁驚世駭案了——小孩子的偵探遊戲到此為止，不相關的人盡速離開這裡！」

「嘿，你們說誰是小孩子？請叫我未來的大偵探安琴小姐，混帳！」少女不滿的扭動身子，卻被身後青年制止了。

「安琴，別對警官先生無禮，妳安靜一點。」青年一邊低聲勸阻，一邊對警官陪不是地說：「抱歉，她有口無心，不是故意說話冒犯兩位，請別跟小姑娘計較。」

安琴聞言，當場憤怒大吼，「恩斯特！你居然敢小看我！告訴你們，從歌劇院發生第一件意外時，我就知道這是謀殺案件……唔唔唔啊嗚！」

恩斯特強硬地用手摀住少女的嘴，才總算讓她像鴨子叫的聲音停下，還給室內一個嚴肅哀傷的氣氛。

「親愛的女神，妳曾主宰我那受詛咒的命運。我曾擁抱過的冰冷軀體，引領我們最初綻放的愛情花朵，在一瞬間枯萎凋謝。」

此刻，站在戲廳角落的每個人都聽見從遠處白光所及之處，有道男子微弱的低語聲。

他們仰長脖子，發現一個穿著筆挺西裝的男人不知何時跑到舞台，不知用何手法割斷懸在舞台上方的繩子，適時接住應聲落地的女伶。

男子跪在冰冷的舞台，沉默地抱著瑪麗安娜的屍體。

人們並不知道那個說著念白台詞的男子是誰，卻為他發自內心的哽咽聲而靜默不語，如同欣賞悲劇的最後一景。

「痛苦結束希望，黑暗猶如泥濘成為圍困住我的罪惡。」

「我從未像現在如此渴求一份充滿溫暖的愛，但是能給我這種感覺的妳，卻成為埋葬在我心中的逝去記憶。」

說書人壓抑情感爆發的模樣，如同被悲痛擊毀他冷漠的面具。他灼熱的淚水滴落在女伶如雪般白淨的臉頰，也許他曾憎恨、詛咒、嘆惜逝去的愛情，但現在再也喚不回女神了。

他撫向瑪麗安娜脖子被割裂的傷口，上面的血液已乾涸，但他的愛與恨卻隨著她的死去，源源不絕的湧上心頭。

這原本是他給梅瑟的劇本台詞，沒想到會有說給瑪麗安娜聽的一天。

難道他不能靠自己結束這個沒有止盡的夜晚與悲劇？這個一再重複的悲劇到底有沒有止盡之時？要到什麼時候才會結束？

說書人捫心自問，他也曾忍受過極深的痛苦與折磨，可卻沒有像現在教他難以承受。

對現在的他而言，現實將瑪麗安娜的死，以及他自身濃烈感情的爆發全都混在一起，逼說書人接受一個他都不知道是否能夠接受的打擊。

冷清的舞台傳來男子的呢喃聲，他那副哀慟的模樣，使在場的年輕少女抽離對陌生環境的不信任感，轉而震動地看向他。

安琴站在原地，彷彿被周遭少女的情緒感染，她的目光無法離開舞台上的灰髮男子，進而被內心深處顫動的聲音驅使走向舞台，親眼見證悲劇性的一幕。

「安琴，那邊很危險，不要過去。」恩斯特制止地說。

安琴回頭，臉上交織著好奇心與恐懼的複雜表情，「我有種感覺，好像不是第一次見到那遮臉的男人，他沉痛的樣子讓我覺得好難過。」

恩斯特停留片刻，遲鈍地說道：「我其實跟妳一樣，也對那人似曾相識！真奇怪，如果我們跟他見過面，照理說不可能想不起他是誰啊。」

安琴沉思著，當她站在白光底下，隨即發現觀眾席上放著一封白底燙金的信。她將其拿起，讀道：「這封來自魔鬼的預告信，僅獻給悲痛欲絕的說書人。」

說書人聽見安琴朗誦的聲音，被動地放下女伶屍體，走過舞台兩側的階梯，來到安琴面前。

他凝視她手上的信，將視線移到她臉上，出聲說道：「把它借我一看好嗎？」

安琴連忙把信雙手呈到說書人面前。

說書人接過信，抖簌地拆開信封，審視信裡優美的每段句子背後，都塞滿強烈的惡意。他嘆息並低聲地閱讀，很怕別人會聽見信件內容。

「你們在幹什麼，不要亂動這裡每樣擺設！現在發生神祕的殺人案件，連犯人都不知道是誰，別加重我們組查案子的負擔！」兩位警官沉聲大喝。

這時泛著騷動的戲廳，掠劃過一道用力揉紙並丟在地上的聲音。

「從一開始就沒有什麼『犯人』，這是那傢伙自導自演，一齣窮極無聊的三流戲劇！他把過程的每一個環節都設計好，只為了光明正大的將自己的名號搬抬上來，好讓你們嚇得膽顫心驚！」

法蘭克見到說書人揉毀案發現場證物的舉動，生氣地責罵道：「你知不知道你犯了毀壞證物的罪名？還有，你說的那些話到底是什麼意思？」

說書人不發一語，當他惡狠狠的目光落在警官身上，便教他們不知所措與驚恐。他推開擋在自己面前的人群，臉色氣成一片死白，誰都看出他因為那封預告信而受了很大的刺激。

「這件命案，無論是警方或一般人都最好不要插手，這是我跟梅瑟……不，魔鬼之間的事，不相干的人快離開這間歌劇院！」

他自腰間槍袋拔槍出來，挺直四肢，緊咬著牙齒，血絲佈滿他的雙眼，看來似是發狂邊緣，任何人都無法阻止他的行動。

「等等，你說歌劇院的魔鬼，難道就是寫這封信的人？」

安琴以發現新大陸的神情走近說書人，可惜她的手還搆不著他的衣角，就被他用力推開。

安琴看見說書人狂奔的背影絕情地消失在眼前，她心頭掠過一個意念，不顧身後恩斯特拚命的叫喚，跟著追了出去。

0000000010
ZEHN
-OPER-002-
No.69464

第十章　魔鬼的顫音

Vierte Aufzug : Sonate

說書人壓抑體內狂奔的心跳，思緒隨他快如疾風的步調，飛躍至一個沒有苦難與磨練，充滿對未來美好的想像，不再追憶過往的心境。

他咀嚼著如跑馬燈迴轉在腦海的各種回憶，心頭即使哽著陣陣苦楚，精神卻不覺得疲憊，反而加倍期待與魔鬼分出勝負。

說書人握緊手心，看著銀色槍身閃爍著光亮，便回想自己好不容易從艱辛的過去熬到現在，他立誓要與魔鬼戰鬥，現在終於可以如願以償。

他沿著長廊一路跑著，在黑暗中聽見自己的腳步聲變得緩慢，像旋風般靜止。

說書人緩停步調，屏息著注視一道輕盈俐落的身影，站立於盤旋在歌劇院中堂與擠滿雕像的拱廊中間，無比壯麗的螺旋樓梯的入口前。

蕭瑟的風從歌劇院兩旁的鏤空窗台，吹入狹窄曲折的中堂，與冷清的空氣相撞，激出如嘲諷一樣的笑聲。

說書人瞇起眼眸，看著與他呈平行線相互對望的男人身影，輕移腳步，發出鏗鏘作響的踩地聲。

「我如預告信的約定，單獨來赴約了。在我殺你之前，你要回答我……你是否知道我要殺你，所以選這裡做為你的刑場？」

「我說過，我們有機會必然再見，只是時間早晚的問題……施洛德。」

梅瑟神情悠閒自然，他擺動雙手，直線地朝說書人走過去，「我很想見你，回想我們最後一次在弗蘭艾克見面的時候，到底是幾年前的事？五年，十年，還是更久之前？」

說書人用力吸氣，以近似狂暴的神情舉高右手，將手槍威脅地指向梅瑟。

「齊格弗里德，我等待你的出現，足足有五十年。就算我眼睛瞎了，也能用鼻子聞出你令人作嘔的臭味！你奪走我的幸福，殺了伊索德還嫌不夠，連瑪麗安娜也慘遭你的毒手……」

梅瑟兩手擺放在褲子口袋，得意洋洋的笑著說：「看到自己的女人被殺，你居然沒有嚇得雙腿發軟，值得嘉許。不過，你真是個無情的男人，竟然想殺了跟你有深刻羈絆，把你視為朋友的我。」

「我沒有像你這種下流卑鄙的朋友。」

梅瑟微笑，「你說話的方式還是這麼尖酸刻薄，難道你忘了誰讓你起死回生，誰讓你擁有不老的外表？」

說書人聽見梅瑟這句話，恨不得毀掉他臉上看似爽朗的笑容，「我怎麼可能忘得了你？該死的魔鬼，我現在就要殺了你！」

「許久不見，還是改不掉這無禮的說話方式。知道嗎？每當你出現在我面前，看你一臉怒火，我就覺得非常懷念……我的老朋友，你好嗎？」

說書人憤恨地說：「我活下來，沒有去尋死的目的都是為了你！我絕對要殺了你……讓你嘗到比死還痛苦的感覺。這樣你就會明白，那些被你殘忍殺死的人們的痛苦！」

「好不容易見到我，你卻總是說這些沒有意義的話。你應該曉得，你越恨我，我越覺得開心。」梅瑟頗為無奈地嘆了口氣，「過著只為打倒我的人生，難道你不覺得非常無趣？為何不直接對我坦承，你只是想見我一面？」

「我不要聽你這些廢話，只問你一句，為什麼要殺她？」說書人沉痛地問。

梅瑟微笑不語，過了一會，他聳了聳肩說道：「別再問繼續那些千篇一律的問題了。話說，你難道不覺得我對你非常寬容嗎，一直跟你耗到現在，不曾動手取你性命？」

說書人挺著身子，他因憤怒而漲紅的臉頰，此刻嚴重扭曲著。他一手拿槍，朝梅瑟逼近過去，聲音沙啞地喊道：「像你這樣的魔鬼，為何出現於人世？你若只會帶給人類不幸，為何不直接殺了我，反而讓我一再活在痛苦與仇恨之中？」

梅瑟直勾勾地看著說書人，他的眼神充滿冷靜，並且執著於某樣東西……比起虛幻不存在的理想，站在他面前的說書人似乎更像是他專注的目標。

「施洛德，我真的很為你吃驚呢，那時候我把你折磨得這麼慘，還以為你的心早已被我撕成兩半，變成像廢物一樣的男人，沒想到你居然苦追我這麼久……人類的憎恨之心真不可小覷。」

「我不殺你，只是因為我發現你對愛情有熱烈的盼望，你以你的愚蠢取悅我，讓我覺得你這個人很有意思。但是我殺那女人，則是另一個原因，想到她在臨死前滿嘴的愛，一副饒恕別人的嘴臉，讓人噁心得想吐。」

說書人全身顫慄地震動，他迅速壓下心中的感情，卻藏不住眼中悲痛的神情。

「你微笑的模樣也讓我噁心得想吐。」

他惱怒地說：「你看起來雖然像個人類，但是內心卻骯髒到不行。你怎能殺死心靈純潔，宛如天使的瑪麗安娜？」

梅瑟看著說書人，被他充滿恨意的眼神逗得發笑，「我從來就不允許我的玩具被

別人搶走的事情在我面前發生，特別是在我還沒得到它之前……施洛德，你是我狩獵的目標，在我得到你之前，絕不會讓你獲得幸福，知道嗎？」

「你做這一切，只是為了滿足自己的慾望？」

「嚴格來說，我想讓你嘗嘗不幸的滋味，那麼瞭解與重視你的人，就只剩下我了。」

說書人抬起被苦痛貫注而蘊含憎恨火焰的目光，他選在梅瑟說完話的同時，將手中銀槍對準梅瑟胸口，接著開槍。

「轟」的一聲，一道具爆發力的激烈槍聲，伴隨槍的強大後座力，給予被說書人射擊的目標一團濃煙、一發火花、一枚銀彈。

但是，那煙硝味還沒散去，梅瑟又像上次歌劇院事件中，化成虛幻的影子消失在說書人眼前。

「施洛德，你的槍法雖然準確，但卻容易抵擋……太遜了，你還不夠格成為我的對手，死心回去吧。」

說書人見梅瑟憑空消失，便往樓梯上上下下地暴衝，嘴裡發狂地吼道：「別小看我，以我現在的槍法，不管你躲在哪裡，我都有把握一槍打死你！齊格弗里德，你在哪裡，你究竟在哪裡？」

這時，從樓梯最下層的幽暗深處，傳來梅瑟的大笑聲，「要是你不殺我就不甘心的話，到地下室來找我決一死戰吧，我會讓你嘗嘗生不如死的滋味。」

說書人聽見風中飄散的聲音，悲傷與絕望趁隙侵入他的心，他啃咬著憎恨，決心為魔鬼獻上一首名為復仇的交響樂曲。

說書人帶著炙熱的復仇火焰衝入地下室，卻因為不適應過於室內的昏暗，於是放慢腳步，在黑暗中摸索一條可供通行的出路。

說書人身處黑暗，心中湧現一種痛苦掙扎的複雜情緒。

他捫心自問，自己真有辦法動手殺了魔鬼，將那個自稱無所不能又相當狡猾的男人，親手打回地獄嗎？

不，他一定得做！

為了與魔鬼決戰的這個時候，他苦苦磨練射擊技術，不管如何，他要用手上這把槍貫穿魔鬼的心臟，取得與魔鬼長年明爭暗鬥的勝利。

這時候，說書人回想過去歷經的種種，感慨浮上心頭。

雖然魔鬼殺害伊索德，偽裝成人類逃到這座歌劇之城，但是說書人始終相信他會出現在自己面前……終於到了兩人面對面的時刻，他一定要設法殺死魔鬼！

陰暗的地下室吹起一道陰風，伴隨而來的，是一道圍繞在說書人身側的濃霧。

「過來吧，施洛德……」魔鬼幽暗的聲音徘徊在說書人耳邊。

「齊格弗里德，你到底在哪裡？」說書人狂怒道。

「來啊，再往前走，讓我看看你的心是否堅定如昔，你是否還屬於我。」魔鬼帶著誘惑的低語聲，催促的響著。

這時，一道淒慘，極為哽咽的聲音響起，並且以冰冷的手指攫住說書人的指頭，顫抖地重複喊著。

「哥哥，施洛德哥哥。」

說書人嚇了一跳，當他試著把手縮回來，卻被那說話的柔軟聲音震撼得不能自己。

「伊……伊索德，這聲音是伊索德！妳在哪裡？」

眼前的景象，對說書人而言是種可怕的夢魘。當他仔細冷靜思考，就會明瞭這全是魔鬼惡劣的把戲，可是當他看見黑暗之中出現妹妹小巧的臉孔，便深陷其中不能自拔。

說書人上前一步，看見伊索德站在離他不遠的地方掩面哭泣，他困惑地問：「妳為什麼哭成像淚人兒一樣？告訴我，伊索德！」

她抬起頭，哽咽道：「哥哥，你不需要殺死魔鬼，只要你成為他的信徒，就能拯救我離開水深火熱的地獄……拜託你，放下你手裡的槍，全心全意的投靠魔鬼，好

嗎？」

說書人向後退了幾步，他帶著顫意，以手遮住兩耳，拒絕道：「不，我要殺了他，這樣才能替妳復仇——伊索德，妳不要妨礙我！」

前方傳來一陣輕微的哭聲，那與之前伊索德的哽咽聲不同，這次的聲音低沉細微，彷彿是瑪麗安娜的啜泣。

「瑪麗安娜？」

說書人站在原地，他感覺到四肢僵硬，於是更為激烈的大聲喊道：「妳在哪裡？為什麼不出聲說話？」

少女輕呼一聲，幽幽道：「都是因為你對魔鬼的仇恨，使我淪落於地獄，我不能原諒你，我恨你。」

說書人聞言，他慘白著臉色，指甲緊緊掐著手心，忍耐苦痛地說：「相信我，只要我殺了魔鬼，就會下地獄救妳，請相信我！」

瑪麗安娜的聲音悲痛道：「我的靈魂永遠飄泊在歌劇院，你無法拯救我，只有你接受魔鬼的存在，我才能解脫。施洛德，為我放棄一切，你就不用過著充滿痛苦的人生。」

說書人聽見兩道不同的聲音都在說服他放下仇恨，他隱約從這一切的變化察覺到，那些幻影都是魔鬼對他的試練，於是便朝前方狂吼一聲。

「停止，不要用她們的形影誘騙我的心！齊格弗里德，你不敢光明正大的出現在我面前，非得選擇這種卑劣的手段？」

「因為你可恨的遊戲，我失去妹妹、四處流浪、無法與人相愛……但是，這一切悲哀將會到此為止。我會殺死你，再用你的血洗淨伊索德的靈魂，以慰那些被你殘忍殺害的人們！」說書人喘息著，聲調充滿悲憤。

隨著黑暗之中出現的腳步聲，金髮男人全身散發光暈的身影取代了少女幻像，他遲遲的走向說書人，臉上顯露愉悅的傲慢微笑。

「真不錯，你是唯一被我搞得如此淒慘，不但不怕我，還想正面挑戰我的男人。我對你的好感真是越來越強烈了，你說該怎麼辦？」

「我現在只想殺了你，讓你在聖潔的銀彈中，滿身是血的死去。這是我看在你把我害得這麼慘，留給你的一點情分。」

「看來，是做個了斷的時候了。但是我們好不容易再會，就這樣殺了你過於可惜。看在你體內有我的血，與其受苦，何不拋棄光明，跟我一起享受黑暗的美好？」

「住嘴！你不要再誘惑我，我不會笨得以為我向你求饒，接受你的要求，你就會讓我苟延殘喘地活下去！告訴你，我有自己的信念，不會屈服你的力量！」

「談判破裂的情況，通常只有一個下場……」梅瑟盈著艷麗的微笑，一手撐腰，另一手扣響手指，朝說書人射出一道鮮紅色的火光，「帶著懊悔去死吧！」

一道暗夜中華麗的火光，耀眼而明亮地擊中說書人。他沒有避開，反而直挺挺地站在原地，正面承受被火焰紋身的痛苦。圍繞在他身上的火光迅速炸開，撕裂他的身體與衣服，說書人應聲倒在地上，隨即爬起。

「為什麼不躲開，為什麼不抵抗？你想趁機觀察我的能力嗎？」梅瑟問。

說書人蹲在地上，頭垂得很低。

「看你全身沾滿血，衣服破破爛爛的這副模樣，比裸體還性感……被男人這樣注視，一定感到相當屈辱與痛苦吧？」

說書人抬頭，一臉沉默的嘆息，「齊格弗里德，我對你感到很失望！難不成你只能折磨我，讓我痛苦，卻無法將我殺死？」

梅瑟闊步迎向說書人，低下身子，粗暴地一把抓起說書人遮住右臉的頭髮，逼他仰起一張滿是血痕的臉。然而，說書人在暗夜中那副得意微笑的臉色，激得梅瑟惱怒不已。

「想對我用激將法，好趁我方寸大亂時將情勢逆轉過來，別以為我會上當！」在梅瑟的狂笑聲中，夾雜著激烈的喘息，「被你這種無法擺脫過去陰霾的男人殺死，太可恥了。但是你不用擔心，你將會在內心飽受死亡煎熬的情況下，痛苦地與世長辭！」

「是嗎？像這種時候，我是該感謝賜我詛咒身體的你，即使我被你傷得體無完膚，但我的內心卻充滿打倒你的渴望。在我心中真正想殺死的對象只有你……不，光

是用一般手段殺死你還不夠，我要你後悔當初沒有一口氣殺了我，這是我對你的復仇。」

說書人講完，隨即站起身並朝梅瑟出手，將他的喉嚨緊扼不放。

「唯一靠近你的辦法，就是像青蛙一樣裝死，等你這隻掩藏在黑袍底下的蛇爬過來，再一口氣用槍射穿你的心臟。」

梅瑟沒有抵抗，皺著眉頭微笑地說：「想玩卑鄙手段，只怕你還玩不過我。」

「這我不管，只要能殺了你就夠了。為了殺死你，不管你到哪裡，我都會如影隨形的跟著你，直到手刃你的那一天！」

「被一個男人跟蹤……這是我的榮幸，可惜我對你這些老舊的台詞已經沒有興趣了。把靈魂給我或者被我殺死，你做一個選擇吧！還是，你要在充滿絕望與懊悔的情況下死去？」

說書人困惑的挑眉，「你說什麼？」

「你以為殺了我，加諸在你妹妹身上的詛咒就會被解除……天真，就算殺了我，

你妹妹的靈魂依然被詛咒，你也無法解脫。你要獲救，只能跟我簽訂新的契約，把你自己獻給我，才能讓伊索德的靈魂重獲自由。」

「我不會感激你對我的憐憫，齊格弗里德。」說書人想了一想，隨即回答，「你很厲害，能把人放於掌心玩弄，但是你別以為憑你那點技倆就能擺佈我，你永遠無法迷惑我的心！」

梅瑟聞言，真是氣得不得了，他想殺說書人，就是現在！

不，等等……梅瑟沉靜地吸一口氣，隨即有種報復的念頭爬進他的心房，讓他想到一個怨毒的手法，好讓說書人激動起來。

「好吧，為了讓我們玩起遊戲更加精彩刺激，我幫你找點樂子。」梅瑟抓住說書人的肩膀，在一陣激烈的搖晃之中，他踹開說書人，將藏於身後濃霧的黑影拉向身邊，讓說書人不敢上前攻擊。

說書人抓緊槍，作勢要扣扳機，然而他卻被眼前的景象震懾得措手不及。

「想殺我嗎？你的確有這個本事，如果你真能不顧一切的話，你就開槍吧。」

說書人看見梅瑟所抓的柔弱少女竟是安琴，不由得陷入進退兩難的窘局，「你放開她，別讓這位少女捲入我們的紛爭！」

「我可不管這麼多，誰叫她自己跑到這裡，正好作我的人質。你開槍的話，我就殺了這個女人，讓你再次哀嘆自己的無力！」

說書人見狀，懷疑的目光飄向少女身上，「妳是被製造出來的幻影，還是真的安琴小姐？如果妳不想辦法脫身，我會殺了妳。」

安琴全身發顫地說：「我看你跑得這麼急，以為你有歌劇院魔鬼的下落，才會偷偷跟在你後面……可我怎樣也沒料到你們在進行槍戰！好奇怪，我明明不認識你，卻總是為你擔心，但是我不想死！」

說書人抑制住眼眸裡的怒氣，遲遲沒有動作。

「如果你不開槍，我就要上了。別忘了，我們之間的遊戲不就是鬥個你死我活嗎？在遊戲結束之前，我絕不容許任何人在我們之間當個第三者……即使是女人也不例外。」

說書人看著梅瑟，嘴唇上出現一道歉疚的笑意。

「安琴小姐，我有私人理由，不能因為妳而放過那個男人。我要向妳說句抱歉，只好請妳跟他一塊死了。」

「什麼，你竟然不顧這個女人的死活？」梅瑟大驚。

「為了殺死你，我別無選擇，早已將心化成邪魔歪道……去死吧，魔鬼！」

昔日的記憶與懊悔盤據於說書人心頭，促使他決然地朝梅瑟扣下扳機。

然而，就在他開槍的一瞬間，他的眼前卻出現安琴熱心的微笑，以及她曾給予他的一些溫暖，這些回憶令說書人割捨不下身為「人」的感情，卻也無法隱藏他的痛恨與絕望。

他好不容易有這個機會，可以開槍打死梅瑟，但是他卻因為自身情感的糾結，只打中對方的胳臂，讓梅瑟受了輕傷——說書人臉上交雜著失望與企圖報復的狂亂神色，他壓抑著憤怒，咒罵著把槍扔在地上。

梅瑟看出說書人掙扎的眼神與懊悔的表情，像得到寶物般開心地笑道：「施洛德，要分出這場遊戲的勝負，不是只能靠廝殺解決，用你的腦子想一想吧。今天到此為止，希望我們下次再見時，你能比現在更迷人……再見了。」

說書人瞪著梅瑟，看他化為幻影而消失無蹤，被他所擒的安琴則全身發軟的坐倒在地上。

此時，說書人走過去將安琴扶起，他沒有一句問候與充滿關心的微笑，隨即轉身離開地下室，沿著長廊再次回到歌劇院的舞台，將瑪麗安娜的屍體橫腰抱起，神色黯然地離開。

說書人知道，對齊格弗里德而言，這一切只是遊戲。不管是瑪麗安娜或者伊索德，只要跟他有關係的女人，都會被齊格弗里德殺死。

注定失去的愛情，若真有結局，必然充滿淒美的傷感。這一切將邁向衰敗與毀滅，直到宣告歌劇走入結局，舞台拉下帷幕，看戲的群眾散去，被孤獨與寂寞詛咒的小丑，抱著女神冰冷的愛情遠去。

「等等，說書人，你要去哪裡？」安琴一路追著說書人，問道：「經過剛才的

事，我想我一定認得你，只是現在忘記了。你可以不要走嗎，歌劇院的事還沒查出真相，你不能這樣一走了之！」

說書人回頭，以一臉漠視世俗的眼光，望了安琴最後一眼。

「安琴小姐，世上有很多事都說不清楚，請恕我不能跟妳約定。但願有朝一日，我們還能再見，我不會忘記妳的。」

安琴張大眼睛，看見說書人堅韌的目光中藏著一絲悲嘆，她被動的站在原地，成為唯一目送他走入歌劇院幽暗長廊的見證者。

長廊上規律的腳步聲，隨著一道清風靜了下來，安琴發現恩斯特站在她身邊。她與他彼此相視，忍不住說道：「這也許不是世上最美的愛情故事，但我知道有個男人曾經渴望愛情，卻悲嘆著走向幽暗，最終被世人放逐般遺忘。」

恩斯特原先以為安琴在說什麼羅曼史小說的情節，但見她說得如此認真，於是誠懇地問：「那個男人後來怎麼樣了？」

安琴幽幽地凝望長廊，「沒有人知道他的下落，一如他被人遺忘的存在。」

兩人陷於歌劇院詭異幽暗的氛圍，一陣冷風吹過他們腳邊，那蕭瑟的聲音聽來像女伶淒涼的慘笑。

安琴轉身看著恩斯特，感嘆地向他微笑，「世上總有一些說不清的事，一些讓人無法明瞭的愛情故事……不過，我們總有一天會瞭解的。」

「是啊。」

恩斯特點頭，將手迎向安琴，神情溫柔道：「我們回去把這些事說給父親聽吧，即使只有一點點也好，他老人家最喜歡聽妳說話了。」

安琴愣了一會，隨即笑著握住恩斯特的手，跟他一起離開歌劇院。

兩人講著流傳於歌劇之城的故事，走入被濃霧圍繞的街道，在充滿詼諧、逗趣、奇異、不尋常的世界裡，迎向了另一個嶄新的未來。

幻影歌劇～魔鬼的顫音～完

敬請期待　《幻影歌劇》　愛情靈藥

在這浪漫的夜晚，沒有心痛哀傷的故事，僅將堆放在故事盒其中的一則故事，獻給天底下哀嘆愛的甜美，苦戀著無奈的戀人。

人們尋找愛，卻從未真正理解過愛。朋友，莫再自抒苦嘆，請到歌劇之城一睹光彩奪目的精彩表演！

今晚非凡優美的旋律繚繞著您的耳際，女伶淒淒涼涼的哀嘆，似還欷歔可聞。

朋友，我是帶領您欣賞下一齣歌劇的說書人。

我與魔鬼糾葛的復仇劇碼已經落幕，過了似長又短的時間，下一夜為您帶來一齣歡樂喜劇。

當歌劇之城的人們成了魔鬼惡作劇的鋪墊，任魔鬼一次次的戲弄。

在人們習慣過著美好生活的同時，魔鬼的試練將再次悄悄降臨。

以一瓶愛情靈藥為開端的騷動，發生在一對終日打鬧的歡喜冤家身上。

意外的，我也無端被捲入這場紛爭，成為這齣鬧劇的配角。

在某個男子妄想的深淵，引來魔鬼的竊視，這次魔鬼將化身何等人物？

品性單純的青年，任性妄為的少女，不時搗亂的吉普賽女郎，窺探歌劇之城的魔鬼，加上行事低調的在下，共同為您演繹一部充滿真愛的典藏之作。

期待與您再度相會。

幻影歌劇·魔鬼的顫音

Komische Oper

作者後記

Komische Oper

Herzlich willkommen，Komische Oper！

感謝各位讀者繼續支持《幻影歌劇》第三集，不曉得各位讀者還喜歡本集封面嗎？

個人笑稱說書人與魔鬼的封面是琴瑟和鳴版，也許說書人很討厭這種說法（笑）。

不過，畢竟兩個人總算各自以真實的身分面對面，所謂仇家相見，分外眼紅，這一集是無可救藥的悲劇，我想描寫注定走入失落的愛情，以及周旋在魔鬼與說書人之

作者後記

間的女性，於是瑪麗安娜就這樣登場了。

本集中，描述了在第一集第一幕中曾經登場的女伶——瑪麗安娜與說書人之間相知的感情。即使如此，兩人心中盛開的花朵，還是難逃被魔鬼摧毀的命運——雖然不管在故事結構或描述上都做得不太理想，身為作者本身盡力至此，要是讀者有什麼不滿意的地方，我會在下一集更努力求進步。

第二集和第三集都是講述以說書人為主角的故事，第四集開始，又轉換成最初的「劇中劇」的模式。小小預告一下，雖然魔鬼從第一集開始就時常以女性的面貌出現，不過讀者在第四集就會看到他變成女性的模樣哦。

到底，魔鬼與說書人除了彼此爭鬥、玩遊戲之外，還有沒有其他發展呢？請各位讀者拭目以待，若有任何感想也歡迎到我的部落格留下意見，謝謝！

另外，好奇想問問看，讀者們希望作品出多少集呢？

最後，我們在第四集相見囉，Auf Wiedersehen！

Komische Oper

繪師後記

各位讀者好，很高興在第三集與大家見面！

這次深深感受到說書人有多剋妻（喂）不過我個人喜歡看愛情戲，加上瑪麗安娜是我個人欣賞的女性類型，所以看的又高興又痛……然後內頁完全是依照個人興趣挑的（笑）

下一集也有許多個人喜歡的要素在裡面，我會繼續努力的用愛描繪下去！

希望與各位讀者在第四集相見了。

最後持續宣傳心得文活動，詳情請見網址：http://lr.cp68.net/oper_review

飛小說

更多歡樂更便宜！

■神魔英雄■

幻獸王03-END

黑暗魔神即將復活！

作為祭品召喚，必須準備十張進化卡片，以及十隻高級幻獸——原來，舉辦幻獸師大賽的真正原因，就是為了湊齊這些祭品？

面對強大的黑暗力量，少年們依然充滿了信心與勇氣。
「讓比賽繼續進行下去吧！只要在比賽中打倒操縱這一切的靈皇，不就解決了嗎？」
不過，只有打入冠軍賽，才有機會跟靈皇對決……在那之前，少年們必須先分出一個高下！

誰，才能成為真正的最後英雄！？

■鬼樓校園■

都市鬼奇談03

我是柳暉，除靈事務所的負責人。
大大小小，凡是跟鬼靈有關的疑難雜症，找我就對了！
你看，就連學生都把我當偶像明星一樣崇拜，請我去處理宿舍的鬧鬼事件。
哪間學校不鬧點小靈異？應該很容易解決吧？
天曉得，我的道法突然不靈光了，陰陽眼也看不到東西了……而且學生們也變成了行屍走肉，向我和我的女朋友襲擊而來！？
「啪！」
好吧，容我修正一下，是向我和除靈事務所的董事長——明小彤小姐，襲擊過來！
有很多時候，人比鬼還難對付……
臉好痛啊我（淚）。

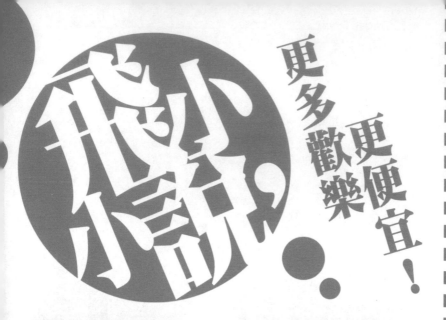

想實現你的夢想嗎？

想探索未知的世界嗎

下一個出現在這裡的
也許就是你的作品！

投稿創作，請上：螞蟻創作網
（http://www.antscreation.com）

■本期推出■

■零區啟動■

逆行世界03

不要相信你身邊的任何一個人！

這裡是反世界。隱藏在現實世界背面的一個空間。凌晨零時整，是最容易打開兩個世界通道的時候。
是不是好像想到了什麼？放心，這並不是你所想像的陰陽兩界的通道，只不過——這個世界，在某些方面來說，比地獄還要可怕一些。
可以的話，少年其實一點也不想再踏入那個世界。
不過。為了妹妹的話……
不管平時怎麼爭吵，不論對方說話有多麼傷人，甚至或許連一點起碼的尊重都沒有？家人就是家人，總是讓你不由自主擔心的人。
可是……
我的妹妹哪有那麼可愛？搞錯了吧！

蘋果日報常勝軍 輕小說小天后 林佩
ANTENNA牛魚 特色系新銳繪師
冗事顧問
壹
啖鬼者
林佩 著・牛魚 繪
ANTENNA

☞您在什麼地方購買本書？☜

□便利商店＿＿＿＿＿□博客來　□金石堂　□金石堂網路書店　□新絲路網路書店

□其他網路平台＿＿＿＿＿□書店＿＿＿＿＿市／縣＿＿＿＿＿書店

姓名：＿＿＿＿＿地址：＿＿＿＿＿＿＿＿＿＿＿＿＿＿＿＿＿＿＿＿＿＿＿＿＿＿

聯絡電話：＿＿＿＿＿電子郵箱：＿＿＿＿＿＿＿＿＿＿＿＿＿＿＿＿＿＿＿＿＿＿

您的性別：□男　□女

您的生日：＿＿＿＿＿年＿＿＿＿＿月＿＿＿＿＿日

（請務必填妥基本資料，以利贈品寄送）

您的職業：□上班族　□學生　□服務業　□軍警公教　□資訊業　□娛樂相關產業

□自由業　□其他＿＿＿＿＿

您的學歷：□高中（含高中以下）　□專科、大學　□研究所以上

☞購買前☜

您從何處得知本書：□逛書店　□網路廣告（網站：＿＿＿＿＿＿＿）　□親友介紹

（可複選）　□出版書訊　□銷售人員推薦　□其他

本書吸引您的原因：□書名很好　□封面精美　□書腰文字　□封底文字　□欣賞作家

（可複選）　□喜歡畫家　□價格合理　□題材有趣　□廣告印象深刻

□其他＿＿＿＿＿＿＿＿

☞購買後☜

您滿意的部份：□書名　□封面　□故事內容　□版面編排　□價格　□贈品

（可複選）　□其他

不滿意的部份：□書名　□封面　□故事內容　□版面編排　□價格　□贈品

（可複選）　□其他

您對本書以及典藏閣的建議＿＿＿＿＿＿＿＿＿＿＿＿＿＿＿＿＿＿＿＿＿＿＿＿

＿＿＿＿＿＿＿＿＿＿＿＿＿＿＿＿＿＿＿＿＿＿＿＿＿＿＿＿＿＿＿＿＿＿＿＿

＿＿＿＿＿＿＿＿＿＿＿＿＿＿＿＿＿＿＿＿＿＿＿＿＿＿＿＿＿＿＿＿＿＿＿＿

✌未來您是否願意收到相關書訊？□是　□否

✍感謝您寶貴的意見✍

✌From＿＿＿＿＿＿＿＿＿＿＿＿@＿＿＿＿＿＿＿＿＿＿＿＿＿＿＿＿

♦請務必填寫有效e-mail郵箱，以利通知相關訊息，謝謝♦

印刷品

請貼
3.5元
郵票

235 新北市中和區中山路二段366巷10號10樓

華文網出版集團　收

（典藏閣－不思議工作室）

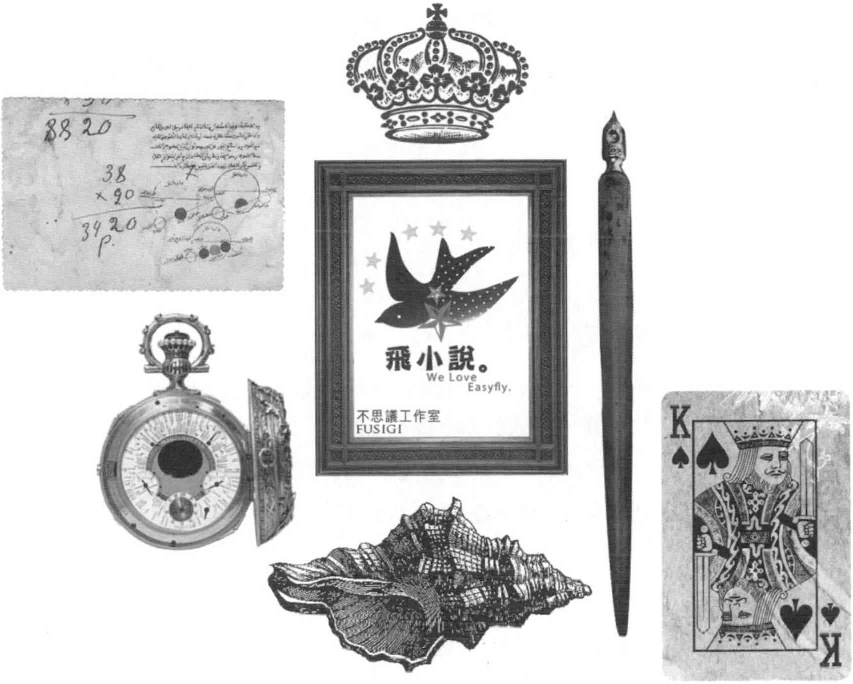
飛小說。
We Love Easyfly.
不思議工作室
FUSIGI

我們改寫了書的定義

董 事 長　王寶玲

總 經 理　兼　總編輯　歐綾纖

出版總監　王寶玲

印 製 者　和楹印刷公司

法人股東　華鴻創投、華利創投、和通國際、利通創投、創意創投、中國電視、中租迪和、仁寶電腦、台北富邦銀行、台灣工業銀行、國寶人壽、東元電機、凌陽科技(創投)、力麗集團、東捷資訊

◆台灣出版事業群　新北市中和區中山路2段366巷10號10樓

TEL：02-2248-7896

FAX：02-2248-7758

◆倉儲及物流中心　新北市中和區中山路2段366巷10號3樓

TEL：02-8245-8786

FAX：02-8245-8718

幻影歌劇/烏米作. -- 初版. 一新北市：
華文網，2011.06-
冊； 公分. --(飛小說系列)
ISBN 978-986-271-127-9(第3冊：平裝). ----

857.7 100008286

幻影歌劇

-komische oper-

-魔鬼的顫音-

烏米
綠川明

飛小說系列010

幻影歌劇03-魔鬼的顫音

出版者■典藏閣
作　者■烏米　繪　者■綠川明
總編輯■歐綾纖
製作團隊■不思議工作室
郵撥帳號■50017206采舍國際有限公司（郵撥購買，請另付一成郵資）
台灣出版中心■新北市中和區中山路2段366巷10號10樓
電　話■(02)2248-7896　傳　真■(02)2248-7758
物流中心■新北市中和區中山路2段366巷10號3樓
電　話■(02)8245-8786　傳　真■(02)8245-8718
ISBN■978-986-271-127-9
出版日期■2011年10月

全球華文國際市場總代理／采舍國際
地　址■新北市中和區中山路2段366巷10號3樓
電　話■(02)8245-8786　傳　真■(02)8245-8718

新絲路網路書店
地　址■新北市中和區中山路2段366巷10號10樓
網　址■www.silkbook.com
電　話■(02)8245-9896
傳　真■(02)8245-8819